藏書

珍藏版

唐詩宋詞元曲

选编

陆

于立文 主编　李金龙 编

辽海出版社

陈子昂诗集

庆云章

昆仑元气，实生庆云。

大人作矣，五色氤氲。

昔在帝妫，南风既薰。

丛芳烂熳，郁郁纷纷。

旷矣千祀，庆云来止。

玉叶金柯，祚我天子。

非我天子，庆云谁昌。

非我圣母，庆云谁光。

庆云光矣，周道昌矣。

九万八千，天授皇年。

西还至散关答乔补阙知之

葳蕤苍梧凤，嘹唳白露蝉。

羽翰本非匹，结交何独全。

昔君事胡马，余得奉戎旃。

携手向沙塞，关河缅幽燕。

芳岁几阳止，白日屡徂迁。

功业云台薄，平生玉佩捐。

叹此南归日，犹闻北戍边。

代水不可涉，巴江亦潺湲。

揽衣度函谷，衔涕望秦川。

蜀门自兹始，云山方浩然。

题居延古城赠乔十二知之

闻君东山意，宿昔紫芝荣。

沧洲今何在，华发旅边城。

还汉功既薄，逐胡策未行。

徒嗟白日暮，坐对黄云生。

桂枝芳欲晚，薏苡谤谁明。

无为空自老，含叹负生平。

赠赵六贞固二首

回中峰火入，塞上追兵起。

此时边朔寒，登陇思君子。

东顾望汉京，南山云雾里。

赤螭媚其彩，婉娈苍梧泉。

昔者琅琊子，躬耕亦慨然。

美人岂遐旷，之子乃前贤。

良辰在何许，白日屡颓迁。

道心固微密，神用无留连。

舒可弥宇宙，揽之不盈拳。

蓬莱久芜没，金石徒精坚。

良宝委短褐，闲琴独蝉娟。

答韩使同在边

汉家失中策，胡马屡南驱。

闻诏安边使，曾是故人谟。

废书怅怀古，负剑许良图。

出关岁方晏，乘障日多虞。

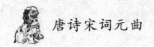

虏入白登道，烽交紫塞途。

连兵屯北地，清野备东胡。

边城方晏闭，斥堠始昭苏。

复闻韩长孺，辛苦事匈奴。

雨雪颜容改，纵横才位孤。

空怀老臣策，未获赵军租。

但蒙魏侯重，不受谤书诬。

当取金人祭，还歌凯入都。

征东至淇门答宋十一参军之问

南星中大火，将子涉清淇。

西林改微月，征旆空自持。

碧潭去已远，瑶华折遗谁。

若问辽阳戍，悠悠天际旗。

答洛阳主人

平生白云志，早爱赤松游。

事亲恨未立，从宦此中州。

主人亦何问，旅客非悠悠。

方谒明天子，清宴奉良筹。

再取连城璧，三陟平津侯。

不然拂衣去，归从海上鸥。

宁随当代子，倾侧且沈浮。

酬晖上人秋夜山亭有赠

皎皎白林秋，微微翠山静。

禅居感物变，独坐开轩屏。

风泉夜声杂，月露宵光冷。

多谢忘机人，尘忧未能整。

酬李参军崇嗣旅馆见赠

昨夜银河畔，星文犯遥汉。

今朝紫气新，物色果逢真。

言从天上落，乃是地仙人。

白璧疑冤楚，乌裘似入秦。

摧藏多古意，历览备艰辛。

乐广云虽睹，夷吾风未春。

凤歌空有问，龙性讵能驯。

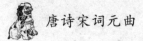

宝剑终应出，骊珠会见珍。

未及冯公老，何惊孺子贫。

青云傥可致，北海忆孙宾。

酬晖上人夏日林泉

闻道白云居，窈窕青莲宇。

岩泉万丈流，树石千年古。

林卧对轩窗，山阴满庭户。

方释尘事劳，从君袭兰杜。

登蓟丘楼送贾兵曹入都

东山宿昔意，北征非我心。

孤负平生愿，感涕下沾襟。

暮登蓟楼上，永望燕山岑。

辽海方漫漫，胡沙飞且深。

峨眉杳如梦，仙子曷由寻。

击剑起叹息，白日忽西沈。

闻君洛阳使，因子寄南音。

夏日晖上人房别李参军崇嗣

四十九变化，一十三死生。

翕忽玄黄里，驱驰风雨情。

是非纷妄作，宠辱坐相惊。

至人独幽鉴，窈窕随昏明。

咫尺山河道，轩窗日月庭。

别离焉足问，悲乐固能并。

我辈何为尔，栖皇犹未平。

金台可攀陟，宝界绝将迎。

户牖观天地，阶基上杳冥。

自超三界乐，安知万里征。

中国要荒内，人寰宇宙荣。

弦望如朝夕，宁嗟蜀道行。

秋园卧病呈晖上人

幽寂旷日遥，林园转清密。

疲疴澹无豫，独坐泛瑶瑟。

怀挟万古情，忧虞百年疾。

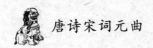

绵绵多滞念，忽忽每如失。

缅想赤松游，高寻白云逸。

荣吝始都丧，幽人遂贞吉。

图书纷满床，山失蔼盈室。

宿昔心所尚，平生自兹毕。

愿言谁见知，梵筵有同术。

八月高秋晚，凉风正萧瑟。

登泽州城北楼宴

平生倦游者，观化久无穷。

复来登此国，临望与君同。

坐见秦兵垒，遥闻赵将雄。

武安君何在，长平事已空。

且歌玄云曲，御酒舞薰风。

勿使青衿子，嗟尔白头翁。

山水粉图

山图之白云兮，若巫山之高丘。

纷群翠之鸿溶，又似蓬瀛海水之周流。

信夫人之好道，爱云山以幽求。

登幽州台歌

前不见古人，後不见来者。
念天地之悠悠，独怆然而涕下。

度荆门望楚

遥遥去巫峡，望望下章台。
巴国山川尽，荆门烟雾开。
城分苍夜外，树断白云隈。
今日狂歌客，谁知入楚来。

晚次乐乡县

故乡杳无际，日暮且孤征。
川原迷旧国，道路入边城。
野戍荒烟断，深山古木平。
如何此时恨，嗷嗷夜猿鸣。

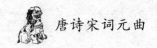
咏主人壁上画鹤寄乔主簿崔著作

古壁仙人画，丹青尚有文。

独舞纷如雪，孤飞暖似雪。

自矜彩色重，宁忆故池群。

江海联翩翼，长鸣谁复闻。

居延海树闻莺同作

边池无芳树，莺声忽听新。

间关如有意，愁绝若怀人。

明妃失汉宠，蔡女没胡尘。

坐闻应落泪，况忆故园春。

题李三书斋·崇嗣

灼灼青春仲，悠悠白日升。

声容何足恃，荣吝坐相矜。

愿与金庭会，将待玉书征。

还丹应有术，烟驾共君乘。

送魏大从军

匈奴犹未灭，魏绛复从戎。

怅别三虎道，言追六郡雄。

雁山横代北，狐塞接云中。

勿使燕然上，惟留汉将功。

送殷大入蜀

禹山金碧路，此地饶英灵。

送君一为别，凄断故乡情。

片云生极浦，斜日隐离亭。

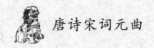
坐看征骑没，惟见远山青。

落第西还别刘祭酒高明府

别馆分周国，归骖入汉京。

地连函谷塞，川接广阳城。

望迥楼台出，途遥烟雾生。

莫言长落羽，贫贱一交情。

落第西还别魏四懔

转蓬方不定，落羽自惊弦。

山水一为别，欢娱复几年。

离亭暗风雨，征路入云烟。

还因北山迳，归守东陂田。

送客

故人洞庭去，杨柳春风生。

相送河洲晚，苍茫别思盈。

白苹已堪把，绿芷复含荣。

江南多桂树，归客赠生平。

春夜别友人二首

银烛吐青烟，金樽对绮筵。

离堂思琴瑟，别路绕山川。

明月隐高树，长河没晓天。

悠悠洛阳道，此会在何年。

紫塞白云断，青春明月初。

对此芳樽夜，离忧怅有余。

清冷花露满，滴沥檐宇虚。

怀君欲何赠，愿上大臣书。

遂州南江别乡曲故人

楚江复为客，征棹方悠悠。

故人悯追送，置酒此南洲。

平生亦何恨，夙昔在林丘。

违此乡山别，长谣去国愁。

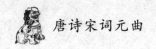

送东莱王学士无竞

宝剑千金买，平生未许人。

怀君万里别，持赠结交亲。

孤松宜晚岁，众木爱芳春。

已矣将何道，无令白首新。

送著作佐郎崔融等从梁王东征

金天方肃杀，白露始专征。

王师非乐战，之子慎佳兵。

海气侵南部，边风扫北平。

莫卖卢龙塞，归邀麟阁名。

春晦饯陶七于江南同用风字

黄鹤烟云去，青江琴酒同。

离帆方楚越，沟水复西东。

芙蓉生夏浦，杨柳送春风。

明日相思处，应对菊花丛。

登蓟城西北楼送崔著作融入都

蓟楼望燕国，负剑喜兹登。

清规子方奏，单戟我无能。

仲冬边风急，云汉复霜棱。

慷慨竟何道，西南恨失朋。

月夜有怀

美人挟赵瑟，微月在西轩。

寂寞夜何久，殷勤玉指繁。

清光委衾枕，遥思属湘沅。

空帘隔星汉，犹梦感精魂。

夏日游晖上人房

山水开精舍，琴歌列梵筵。

人疑白楼赏，地似竹林禅。

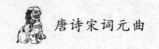

对户池光乱，交轩岩翠连。

色空今已寂，乘月弄澄泉。

宴胡楚真禁所

人生固有命，天道信无言。

青绳一相点，白璧遂成冤。

请室闲逾邃，幽庭春未暄。

寄谢韩安国，何惊狱吏尊。

魏氏园林人赋一物得秋亭萱草

昔时幽径里，荣耀杂春丛。

今来玉墀上，销歇畏秋风。

细叶犹含绿，鲜花未吐红。

忘忧谁见赏，空此北堂中。

晦日宴高氏林亭

寻春游上路，追宴入山家。

主第簪缨满，皇州景望华。

玉池初吐溜，珠树始开花。

欢娱方未极，林阁散余霞。

晦日重宴高氏林亭

公子好追随，爱客不知疲。

象筵开玉馔，翠羽饰金厄。

此时高宴所，讵灭习家池。

循涯倦短翮，何处俪长离。

上元夜效小庾体

三五月华新，遨游逐上春。

相邀洛城曲，追宴小平津。

楼上看珠妓，车中见玉人。

芳宵殊未极，随意守灯轮。

酬田逸人游岩见寻不遇题隐居里壁

游人献书去，薄暮返灵台。

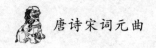
传道寻仙友，青囊卖卜来。

闻莺忽相访，题凤久裴回。

石髓空盈握，金经秘不开。

还疑缝掖子，复似洛阳才。

白帝城怀古

日落沧江晚，停桡问土风。

城临巴子国，台没汉王宫。

荒服仍周甸，深山尚禹功。

岩悬青壁断，地险碧流通。

古木生云际，孤帆出雾中。

川途去无限，客思坐何穷。

岘山怀古

秣马临荒甸，登高览旧都。

犹悲坠泪碣，尚想卧龙图。

城邑遥分楚，山川半入吴。

丘陵徒自出，贤圣几凋枯。

野树苍烟断，津楼晚气孤。

谁知万里客，怀古正踌蹰。

宿襄河驿浦

沿流辞北渚，结缆宿南洲。

合岸昏初夕，回塘暗不流。

卧闻塞鸿断，坐听峡猿愁。

沙浦明如月，汀葭晦若秋。

不及能鸣雁，徒思海上鸥。

天河殊未晓，沧海信悠悠。

赠严仓曹乞推命录

少学纵横术，游楚复游燕。

栖遑长委命，富贵木知天。

闻道沈冥客，青囊有秘篇。

九宫探万象，三算极重玄。

愿奉唐生诀，将知跃马年。

非同墨翟问，空滞杀龙川。

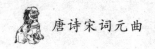

和陆明府赠将军重出塞

忽闻天上将，关塞重横行。

始返楼兰国，还向朔方城。

黄金装戎马，白羽集神兵。

星月开天阵，山川列地营。

晚风吹画角，春色耀飞旌。

宁知班定远，犹是一书生。

江上暂别萧四刘三旋欣接遇

昨夜沧江别，言乖天汉游。

宁期此相遇，尚接武陵洲。

结绶还逢育，衔杯且对刘。

波潭一弥弥，临望几悠悠。

山水丹青杂，烟云紫翠浮。

终愧神仙友，来接野人舟。

卧病家园

世上无名子，人间岁月赊。

纵横策已弃，寂寞道为家。

卧病谁能问，闲居空物华。

犹忆灵台友，栖真隐太霞。

还丹奔日御，却老饵云芽。

宁知白社客，不厌青门瓜。

于长史山池三日曲水宴

摘兰藉芳月，被宴坐回汀。

泛滟清流满，葳蕤白芷生。

金弦挥赵瑟，玉指弄秦筝。

岩榭风光媚，郊园春树平。

烟花飞御道，罗绮照昆明。

日落红尘合，车马乱纵横。

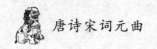

题祀山烽树赠乔十二侍御

汉庭荣巧宦，云阁薄边功。

可怜骢马使，白首为谁雄。

初入峡苦风寄故乡亲友

故乡今日友，欢会坐应同。

宁知巴峡路，辛苦石尤风。

题田洗马游岩桔槔

望苑长为客，商山遂不归。

谁怜北陵井，未息汉阴机。

古意题徐令壁

白云苍梧来，氛氲万里色。

闻君太平世，栖泊灵台侧。

赠别冀侍御崔司议

有道君匡国，无闷余在林。
白云峨眉上，岁晚来相寻。

宋词

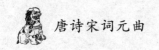

寇 准

寇准（961～1023），字平仲，下邽（今陕西渭南）人。进士出身，官至宰相，正直敢言，被称为一代名相，封莱国公。乾兴初，为丁谓所构陷，贬雷州司户，徙衡州司马。当时有民谣云："欲得天下好，无如招寇老。"卒，谥忠愍。他能诗，不是词家。这首《江南春》则较著名。有《巴东集》，时人辑有《寇忠愍诗集》。

江南春①

波渺渺，柳依依②。孤村芳草远，斜日杏花飞。江南春尽离肠断，蘋满汀洲人未归③。

【注释】

①江南春：这个词调没有别人填过，《词谱》以李白《三五七言》一诗字数句法与此调相同，以李诗首句"秋风清"为调名，属寇准词于词下，未必真是这样。这个词调可能是作者的自度曲。

②渺渺：因遥远看
不清楚。这里形容水势
浩大。依依：《诗经》
"昔我往矣，杨柳依依"。

③蘋满汀洲：水边
的小洲上长满蘋花。

【赏析】

　　南朝梁柳恽《江南
曲》："汀洲采白蘋，日
暖江南春。洞庭有归客，
潇湘逢故人。故人何不
返，春华复应晚。不道
新知乐，只言行路远。"
寇准对此诗特别喜爱，
在他的诗调中一再地用
其意。如所作《江南春》诗："杳杳烟波隔千里，白蘋
香散东风起。日落汀洲一望时，柔情不断如春水。"这
首《江南春》词显然也是由柳恽《江南曲》诗化出，写
女子怀人之情，却写得那么清丽婉转，柔情似水。司马
光《温公诗话》说这首词"一时脍炙"。

　　这样一首小词竟出自一代名相之手，曾为一些人所

不能理解。胡仔在《苕溪渔隐丛话》中说道："忠愍诗思凄惋，盖富于情者。如《江南春》……观此语意，疑若优柔无断者；至其端委庙堂，决澶渊之策，其气锐然，奋仁者之勇，全与此诗意不相类，盖人之难知也如此。"其实，纵观寇准一生，宦海沉浮，并非一帆风顺。曾三次入相，又三次罢相，屡遭陷害贬谪，最后远徙雷州，"流落不归"。作为一个政治家，他怎能对国家前途无忧虑；作为一个诗人，他又怎能对自己的遭遇无动于衷。大自然的春江美景，反衬现实社会的险恶，芬芳的香草也反衬了佞臣的奸丑。借用柳恽诗意，学女子情态，写伤春之情，未尝就没有弦外之音，其中或许寄托着他那种美人迟暮的人生感慨。

潘　阆

潘阆（？～1009），字逍遥，大名（今河北）人。宋太宗时经友人推荐，赐进士及第，授四门国子博士。后以"狂妄"罪被逐，隐姓埋名，飘泊多年，靠卖药为生。宋真宗时遇赦，做过滁州参军。为人性情豪纵，能诗词。有《逍遥词》，今存《酒泉子》十首，最享盛名，

传说苏东坡曾亲书于玉堂屏风之上，可见此词影响之大。

酒泉子①

　　长忆观潮②，满郭人争江上望③。来疑沧海尽成空，万面鼓声中④。　　弄潮儿向涛头立，手把红旗旗不湿⑤。别来几向梦中看，梦觉尚心寒。

【注释】

　　①酒泉子：唐教坊曲名，因甘肃有酒泉郡而取名。

　　②观潮：观赏钱塘江潮水。吴自牧《梦粱录·观潮》："临安风俗，四时奢侈，赏玩殆无虚日。西有朔光可爱，东有江潮堪观，皆绝景也。每岁八月内，怒潮胜于常时，都人自十一日起，便有观者。至十六、十八日，倾城出动，车马纷纷。十八日最为繁盛，二十日则稍稀矣。"

　　③郭：城。

　　④沧海：海水苍青色，故称。沧通苍。鼓声：形容潮声轰响如万鼓齐鸣。周密《武林旧事·观潮》：潮水"大声如雷震，震撼激射，吞天沃日，势极雄豪"。

　　⑤弄潮儿：踏波戏浪的健儿。《武林旧事》："吴儿

善泅者数百，皆披发文身，手持十幅大彩旗，争先鼓勇，溯迎而上，出没于鲸波万仞中，腾身百变，而旗略不沾湿，以此夸能。"

【赏析】

潘阆的《酒泉子》十首，是分咏杭州诸景的，所以又名《忆余杭》。这是其中的第十首，它以夸张的手法，写潮头之高，涛声之大，使人惊心动魄，有身临其境之感。写弄潮儿劈波斩浪的高超技艺和大无畏精神，是对人战胜自然的力量的颂扬。难怪此词一出就被绘成《潘阆咏潮图》而广为传诵了。纵观古往今来众多的观潮词作，这首词堪称绝唱。

林 逋

林逋（967～1028），字君复，钱塘（今浙江杭州市）人。隐居不仕，结庐西湖孤山，种梅养鹤，终身未娶，人称"梅妻鹤子"。恬淡好古，不趋荣利，二十年不到城市。死后赐谥和靖先生。著有《和靖集》，以诗著称，词仅存三首。

点绛唇

金谷年年①，乱生春色谁为主？余花落处，满地和烟雨。　　又是离歌②，一阕长亭暮③。王孙去，萋萋无数，南北东西路④。

【注释】

①金谷：晋代石崇在洛阳所建园名，以豪华著称。

②离歌：又叫骊歌，即告别之歌。

③阕：一支乐曲叫一阕。长亭：路边供行人休息及饯别的亭舍，古代有"十里一长亭，五里一短亭"之说。

④王孙句：化用《楚辞·招隐士》"王孙游兮不归，春草生兮萋萋"的意思。王孙，借指作者的朋友。

【赏析】

林逋曾以"疏影横斜水清浅，暗香浮动月黄昏"的咏梅佳句被人称颂。高洁、孤傲的梅花被视为他品格的象征。这首咏春草的词在宋初词坛上也是相当著名的。张先《过和靖隐居》诗："湖山隐后家空在，烟雨词亡草自青。"所赞赏的"烟雨词"，就是这首《点绛唇》。

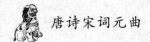

它与后世的咏物词以刻画为工不同，作者只略施淡墨，轻加濡染，就比较深刻地写出了自己对生活的感受。

上片通过对春草被漠视、被践踏命运的描写，透出作者幽寂的隐衷，希望被世人理解。下片寄离情于芳草，表现作者虽隐卧湖山，仍渴望着朋友间友谊的温暖。意在词外，细细体察，方能窥见作者的心底微澜。

长相思①

吴山青，越山青②，两岸青山相送迎。谁知离别情？君泪盈，妾泪盈，罗带同心结未成③。江头潮已平④。

【注释】

①长相思：唐教坊曲，调名出自古乐府"上言长相思，下言久离别"句，多用以写男女相思之情。亦名《双红豆》、《相思令》、《吴山青》等。

②吴山、越山：在春秋战国时，浙江以钱塘江为界，大抵北岸多属吴国，南岸则属越国。因此，在钱塘江北岸的山，称吴山；在钱塘江南岸的山，称越山。

③罗带句：喻婚姻事受阻。古代民间青年男女定情，常把香罗带打成心状结，送给对方作为信物，表示双方同心相爱。

④潮已平：潮水已经涨满。

【赏析】

这首词以一女子口气，诉说其爱情波澜。造语清新流畅而又含思婉转，具有浓郁的民歌风味。尽管作者高标遗世，终身不娶，但从这首爱情词中我们还是可以看出这位和靖居士真性情的另一面。

陈 亚

陈亚，生卒年不详，字亚之，维扬（今江苏扬州）人。咸平五年（1002）进士，官至太常少卿。喜作药名诗词，现存词四首，皆题药名。

生查子①·药名闺情

相思意已深②，白纸书难足③。字字苦参商④，故要檀郎读⑤。 分明记得约当归⑥，远至樱桃熟⑦。何事菊花时，犹未回乡曲⑧？

【注释】

①生查子：词牌名。唐教坊曲，双调，四十字。上

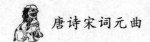

下片各为一首仄韵五言句。又名《楚云深》、《梅和柳》、《陌上郎》、《遇仙楂》、《愁风月》等。

②相思：相思豆，药名。意已：即薏苡，药名。

③白纸：即白芷，药名。

④苦参：药名。参商：又指参、商二皇。参星在西，商星在东。此出彼没，喻双方隔绝。

⑤檀郎：即槟榔，药名。檀郎，也是美男子代称，这里指闺中人的丈夫。郎读：即狼毒，药名。

⑥当归：药名。

⑦远至：即远志，药名。

⑧回乡：即茴香，药名。

【赏析】

陈亚少孤，由舅父养大。他的舅父是位医工，他从小耳濡目染，对各种药名烂熟于胸。这首词写的是闺情，因以药名入词，故题为"药名闺情"。词的上片是写闺中人因日夜思念客居在外的丈夫，便把自己深深的相思写入信中，希望丈夫读了能知道自己的离愁之苦，但却怎么也写不尽。下片以埋怨的口吻，进一步抒发对丈夫的思念。结尾以反问出之，更见思念之切。当初分手时闺中人曾再三叮嘱，最晚不要超过樱桃熟时的夏季，左等右盼，至今仍不见心上人回转。于是闺中人禁

不住问道："现在秋天的菊花都开放，你为什么还不回来？"这一问有爱也有怨，无限情意尽在这一问之中。

药名词是词苑中的一朵异花。它要求每句中至少要有一个药名。药名可借用同音字。这首词中的"相思"、"苦参"、"当归"、"樱桃"、"菊花"是药名的本字。"意已"、"白纸"、"郎读"、"远至"、"回乡"等，则是同音借用而成药名的。这首词的妙处就在于用药名而不着痕迹，实属药名词中的佳作。值得注意的是，常见《生查子》均为五字句，这首词在"记得约当归"一句前添上"分明"二字，变为七字句，属于别体。作者这样处理为了强调闺中人与丈夫当初分手时的印象至今仍记得十分清楚。宋人吴处厚称道此词："虽一时俳谐之词，然所寄兴，亦有深意。"近人俞陛云也极称赏这首词，认为它"写闺情有乐府遗意"。

李师中

李师中（1013～1078），字诚之，楚丘（今山东）人。登进士第。宋仁宗朝曾为广南西路提点刑狱，历天章阁待制、河东都转运使、知秦州。后为人所劾，贬和

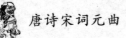

州团练副使，迁至右司郎中。有《珠溪诗集》，存词
一首。

菩萨蛮①

子规啼破城楼月，画船晓载笙歌发②。两岸荔枝
红③，万家烟雨中。　　佳人相对泣④，泪下罗衣湿。
从此信音稀，岭南无雁飞⑤。

【注释】

①菩萨蛮：唐教坊曲名。唐苏鹗《杜阳杂编》说，唐宣宗大中初期，女蛮国入贡，高髻金冠，璎珞披体，号"菩萨蛮队"；当时乐工因而制作《菩萨蛮》曲。但据《教坊记》所载，则开元年间已有此曲。近人杨宪益认为，《菩萨蛮》系缅甸古乐，唐玄宗时已传入中国。词为双调四十四字，又名《子夜歌》、《花间意》、《巫山一片云》、《重迭金》等。

②笙歌：这里兼指吹奏笙歌的乐妓。

③两岸荔枝红：李璟《南乡子》："避暑信船轻浪里，游戏，夹岸荔枝红蘸水。"

④佳人：这里指画船中的乐妓，补足上片"笙歌"一词之意。

⑤岭南无雁飞：传说雁飞不过衡阳，时作者在广西为官，广西在岭南，故说鸿雁更难飞到。这里运用鸿雁传书典故。

【赏析】

作者曾为广南西路提点刑狱，这首词写于他卸任之时。通篇围绕"别"字作文章。黎明前，城楼斜挂一弯残月，好像被子规鸟不住的啼叫声啼破似的。词人乘着官船载着吹笙的乐妓沿江而行，两岸荔枝，鲜艳欲滴，

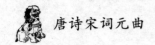

千村万户笼罩在迷濛烟雨之中。"两岸荔枝红，万家烟雨中"，是诗，也是画。这样色彩艳丽，意境阔大的名句，在唐诗宋词中不多见。

下片写佳人，即画船中乐妓，因无法挽留词人，与之相对而泣，泪湿罗衣。结尾二句设想别后通信困难。因为鸿雁到衡阳即回，飞不到岭南，也就无法托它传递书信了。就意境而言，这个结尾失于质直，不如上片优美。

明人沈际飞十分推崇宋代词人谢逸《玉楼春》"杜鹃飞破草间烟，蛱蝶惹残花底雾"一联，认为"'飞破'、'惹残'，极推敲之致。"其实，这个"破"字表现的动态美，从意境和概括等方面来看，远不如"子规啼破城楼月"的"破"字。子规、城楼、月儿，三者本来毫不相干，着一"破"字，顿时浑然连成一体，境界全出。可见作者炼字炼意的功夫。

司马光

司马光（1019～1086），字君实，陕州夏县（今山西）涑水乡人，世称涑水先生。宝元二年（1039）进士。仁宗朝任天章阁待制、知谏院。英宗时任龙图阁直学士，改右谏议大夫。神宗时，擢翰林学士，拜资政殿学士，因反对王安石变法，出知永兴军。哲宗元祐初，拜尚书左仆射兼门下侍郎，废除新法。为相八月，病卒。封温国公，谥文正。是北宋史学大家，以文著名，亦能诗词。有《司马文正公集》、《稽古录》，并主修《资治通鉴》。《全宋词》存其词三首。

西江月①

　　宝髻松松挽就②，铅华淡淡妆成。青烟翠雾罩轻盈③，飞絮游丝无定④。　　　相见争如不见，有情何似无情。笙歌散后酒初醒，深院月斜人静⑤。

【注释】

　　①西江月：唐教坊曲名，后用作词调。取名自李白"只今惟有西江月"诗句。又名《步虚词》、《壶天晓》、《江月冷》等。

　　②宝髻：元宝形发髻。

　　③轻盈：这里指体态纤柔有致。

　　④飞絮句：这里形容舞姿优美，飘忽无定。

　　⑤斜：一作"明"。

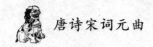

【赏析】

司马光是一代名臣和史学大家。在事业之余，也偶作小词。《全宋词》存其词三首，均系风情之作，说明他不是假道学，敢于表露自己真实的思想感情。这首词最早见于赵令畤《侯鲭录》。历来很多人都怀疑司马光是否会作这类有失身份的艳词。王渔洋说："'有情何似无情'，忌者以诬司马。"（《词苑丛谈》卷四）姜叔明说得更武断："此词决非温公作。宣和间，耻温公独为君子，作此词诬之耳。"这些说法是用卫道的眼光加以推断，并无什么根据。

其实，只要我们考察一下当时的社会背景，这个问题不难解决。司马光生活的北宋王朝，朝廷对百官在物质上是特别优厚的，据赵翼《二十二史札记》："恩逮及百官者，惟恐其不足。"作官的大都家有"家妓"，官有"官妓"（地方官妓聚于乐营，也称营妓）。当时的文人，包括一些政治家、思想家，都把写词看作"小道"、"薄技"。他们逢场作戏，写些香软的东西，以佐"清欢"，并不认为有违"圣教"。只有伪道学家才闭口不谈男女之事。司马光不是这种人，在那种生活环境下他写出这类艳词毫不奇怪。

这首《西江月》是抒写对一位舞妓一见钟情。上片写佳人美姿，下片写对她的思念和怨望之情。描写手法也极别致。它不正面写舞妓的美，只是从发髻、脸粉、体态、舞姿上，略加点染，就把美人淡雅脱俗的形象勾勒出来。作者那种欲罢不能的相思，都通过"相见争如不见，有情何似无情"这样直白的俚语表达出来。歇拍二句最为精彩。宴席散后，词人从醉中醒来，在深深的庭院中，月斜人静，美人却没有来，词人会想些什么？是相思？是怨恨？抑或是伤感？这些尽包容在"深院月斜人静"这一景语中，留待读者去想象。

王安国

　　王安国（1030～1076），字平甫，王安石之弟，举进士，历任西京国子教授、崇文院校书，秘书校理。他不同意新法，多次劝哥哥王安石。王安石罢相后，熙宁八年他也被罢废，放归田里。有《王校理集》，不传。词见《花庵词选》。

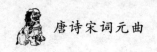

清平乐①·春晚

留春不住，费尽莺儿语。满地残红宫锦污②，昨夜南园风雨。　　小怜初上琵琶③，晓来思绕天涯。不肯画堂朱户④，春风自在杨花。

【注释】

①清平乐：唐教坊曲名，又名《清平乐令》、《醉东风》、《忆梦月》，乃祈求四海清平之乐曲，双调，四十六字。

②宫锦：宫中的锦缎。

③小怜：原指北齐后主高纬宠幸的冯淑妃，因她慧黠能弹琵琶，后人常用以借指歌女。李贺《冯小怜》："湾头见小怜，请上琵琶弦。"

④画堂朱户：指达官贵人的住宅。

【赏析】

这首词作者由惜春，留春，心随春去，思绕天涯，写到要像春光归去那样保持高洁的品质。特别是结语"不肯画堂朱户，春风自在杨花"，春风中自由飘舞的杨花，尽管春光已去，仍不肯附丽于权贵之家。有人认为杨花的这种品性就是王安国自我写照。王安国并不因为哥哥王安石当上宰相，就附和他以求青云直上。他不同意新法，照样反对；也不因为哥哥被罢相，吕惠卿执政，自己遭到诬陷被罢官而去乞求权门。联系王安国的为人和遭遇，对理解这首词也许有所帮助。

张舜民

张舜民，生卒年不详，字芸叟，号浮休居士，又号矴斋。邠州（今陕西邠县）人。进士出身，敢于直言，做过监察御史。徽宗朝为吏部侍郎，以龙图阁待制知同州。后被指为元祐党人，贬商州。能文善画，有《画墁集》。存词四首。

卖花声① · 题岳阳楼

木叶下君山②，空水漫漫③。十分斟酒敛芳颜④。不是渭城西去客，休唱《阳关》⑤。　　醉袖抚危栏⑥，天淡云闲。何人此路得生还⑦？回首夕阳红尽处，应是长安⑧。

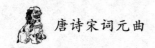

【注释】

①卖花声：词牌名，又称《浪淘沙》、《浪淘沙令》、《过龙门》等。最早创自唐代刘禹锡和白居易。初为小令，类似七言绝句。白居易词有"却到帝都重富贵，请君莫忘浪淘沙"句。后发展为双调，长短句，十句，五十四字，为南唐李煜创制。张舜民又改调名为《卖花声》。

②木叶下君山：君山，在洞庭湖中，正对岳阳楼，又名洞庭山、湘山。下，落。《楚辞·湘夫人》："洞庭波兮木叶下。"

③空水漫漫：长空和湖水看去茫茫无边。

④敛芳颜：这里指斟酒歌女收敛笑容。

⑤不是渭城西去客二句：王维《送元二使安西》诗："渭城朝雨浥轻尘，客舍青青柳色新。劝君更尽一杯酒，西出阳关无故人。"后这首诗被谱成著名的送别歌曲《阳关三叠》。张舜民这时是被贬南方，不是西去，故云不必唱《阳关》，实际上是怕听离别之曲，以免徒增哀愁。渭城：本秦都城咸阳，汉改名渭城，旧址在今陕西咸阳市东、渭水北岸。唐时京城人去西域，这里常是送别的地方。阳关：汉置，在今敦煌县西南，与北面玉门关遥相对望，是古代中外交通的咽喉要道，因在玉

门关南，故云"阳关"。

　　⑥危栏：高楼上的栏杆。危：高。

　　⑦何人此路得生还：是说被贬谪到偏远的南方，没有人能够生还的。

　　⑧回首二句：白居易《题岳阳楼》诗："春岸绿时连梦泽，夕阳红处是长安。"这里是作者化用此意。长

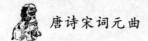
安：今陕西省西安市，汉、唐时京城。这里是借指北宋时京城汴京。

【赏析】

作者曾在军中供职，抵御西夏入侵。因不满军中不合理现象，写了"灵州城下千枝柳，尽被官军斫作薪"、"白骨似沙沙似雪，将军休上望乡台"等"谤诗"，被人上奏贬监郴州（今湖南郴州市）酒税。事在宋神宗元丰六年，（1083）。作者南行途经岳阳，登楼感怀，填了两首《卖花声》。这是其中的一首，抒写的是自己无辜遭贬远地的悲愤和不满。

张舜民是陕西人，如今他不但不能西出阳关，与西夏作战，反而被贬南迁郴州，愈行愈远，故不堪闻听提到陕西的《阳关曲》。"不是渭城西去客，休唱《阳关》"二句，细玩词意，既有自我解嘲又语含讥刺，作者登楼写下这样词句，心中该有多少愤慨。"何人此路得生还"，语极沉痛，概括了古往今来多少迁客骚人的命运，具有深刻的历史感和现实性。屈原遭流放，死于汨罗；柳宗元死于柳州贬所；韩愈被贬潮州，未出兰田关，就嘱咐侄孙"好收吾骨瘴江边"；王禹偁死于黄州齐安；黄庭坚死于宜州……苏东坡、秦观也都死于贬后遇赦放还途中。古人被贬谪而死者为数甚多。如今词人又要踏着前辈文人的足迹走上这条"死路"，心中的惶惧和愤懑是不难想见的。因此他不得不仰天长啸，发出"何人此路得生还"这一震撼人心的悲叹。

"回首夕阳红尽处，应是长安"二句，表面看是对朝廷（汴京）的留恋，实际上含有极大的不满。作者今日之所以走亡"何人此路得生还"的绝路，不正是那"回首夕阳红尽处"一手造成的吗？只不过说得很含蓄，需要细心玩味罢了。

魏夫人

魏夫人，名字失考，襄阳（今湖北）人。文学家魏泰之姊，宰相曾布之妻，封鲁国夫人，时称魏夫人。现存词十四首，语言清新，婉柔蕴藉。在词史上颇负盛名。朱熹曾把她与李清照并提，说是"本朝妇女能文者，唯魏夫人及李易安二人而已"（《词林纪事》卷十九引）。有周泳先辑《鲁国夫人词》。

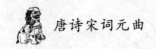

菩萨蛮

溪山掩映斜阳里，楼台影动鸳鸯起。隔岸两三家，出墙红杏花。　　绿杨堤下路，早晚溪边去①。三见柳绵飞②，离人犹未归③。

【注释】

①早晚：这里并非指时间的早晨和晚上，而是随时、日日的意思。

②柳绵：柳絮。

③离人：指离家在外的丈夫。

【赏析】

这是思妇念远之词。溪山如画，鸳鸯作对。绿柳长堤，溪边小路，正是当年折柳送郎之处。而今天天盼，早晚去，年复一年，柳絮已三度飘飞，望穿秋水，却不见情郎归来。寄深情于美景，写得清新自然，不落俗套，颇耐吟味。

人们历来称赏南宋诗人叶绍翁《游园不值》诗中的名句："春色满园关不住，一枝红杏出墙来。"其实，魏夫人早叶一个世纪就写出了"隔岸两三家，出墙红杏

花"的名句。而叶的"一枝红杏出墙来"，显然是从
"出墙红杏花"化用而来。此句的妙处在于一个"出"
字，给人以动感。红杏花像个娇艳调皮的小女孩，硬是
从高高的围墙上探出红扑扑的笑脸来，告诉人们春的消
息。这是多么优美生动境界。陈廷焯《白雨斋词话》
说："魏夫人词笔颇有超迈处，虽非易安之敌，亦未易
才也。这个评价，是恰当的。

苏　辙

　　苏辙（1039～1112），字子由，与兄苏轼同登进士，
累官御史中丞、尚书右丞、门下侍郎。后因事忤哲宗及
元丰诸臣，屡遭谪贬。蔡京当国，降居许州，致仕。自
号颍滨遗老。卒，谥文定。与父苏洵、兄苏轼齐名，合
称三苏。唐宋八大家之一，为文汪洋澹泊，以策论见
长，有奇杰之气。工诗，亦能词。有《栾城集》。存词
四首。

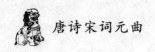

水调歌头·徐州中秋

离别一何久，七度过中秋。去年东武今夕，明月不胜愁①。岂意彭城山下②，同泛清河古汴③，船上载《凉州》④。鼓吹助清赏⑤，鸿雁起汀洲。　　坐中客，翠羽帔，紫绮裘⑥。素娥无赖⑦，西去曾不为人留。今夜清尊对客，明夜孤帆水驿，依旧照离忧。但恐同王粲，相对永登楼⑧。

【注释】

①去年二句：指熙宁九年中秋（1076）苏轼在密州饮酒赏月，欢饮达旦。大醉，对月抒怀，写下一首古今推为绝唱的《水调歌头》（明月几时有），兼怀久别的弟弟子由。东武，密州，治所在今山东诸城。

②彭城：徐州。

③清河古汴：指徐州护城河上接古汴河，下连古泗水，属于清河一部分。

④凉州：地名，治所在今甘肃武威。这里指乐调《凉州曲》，为唐开元中西凉府都督郭知远进。歌词多描写西北塞上风光及战争场面。唐诗中以王之涣所作《凉州词》"羌笛何须怨杨柳，春风不度玉门关"最为著名。

"船上载《凉州》"也是从唐薛能"一船丝竹载《凉州》"
化用而来。

　　⑤鼓吹：原指鼓、钲、箫、笳等乐器合奏，这里指
一般鼓吹乐。

　　⑥坐中客三句：言歌宴上人们披翠着紫，穿着华
贵，都是有一定身份的人。

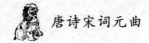

⑦素娥：嫦娥别称，这里指月亮。无赖：意有不快而又无可奈何，有埋怨情绪。

⑧但恐二句：意谓不如早作归退计，免得像王粲那样，只能登楼作赋，抒发感慨了。王粲：汉末文学家，为建安七子之一，生逢乱世，长期流离荆州，刘表不予重用，偶登当阳（今湖北）城楼，写了篇著名的《登楼赋》，抒发其壮志难酬的悲慨和怀乡思归的感情。

【赏析】

宋神宗熙宁十年（1077）苏轼任徐州知州，苏辙随兄至徐，留百余日。兄弟共宿逍遥堂，时值中秋。苏轼作《阳关曲》："暮云收尽溢清寒，银汉无声转玉盘。此生此夜不长好，明月明年何处看？"苏辙作这首《水调歌头》告别。

苏氏兄弟，早年同登进士科，同为京官，后因与王安石政见不合，苏辙于熙宁三年（1070）自三司条例司属官出为陈州学官。次年苏轼也自开封推官出为杭州通判，赴任途中，苏轼曾过陈州晤苏辙。此后，一别就是七年不得相见。苏氏兄弟，手足情深。苏辙幼时从其兄苏轼读书，"未尝一日相舍"。既壮，历经宦海风波，兄弟俩离多会少，曾相约早退，以求"闲居之乐"。这首词真实地表达了这种思想意愿。

词着重描写兄弟彭城相聚，古汴泛舟、鼓吹赏月的欢愉情状。为了突出此次中秋欢聚的不易，词一开头就直陈其事："离别一何久，七度过中秋。"并用"去年"中秋其兄苏轼在密州任上写著名的《水调歌头》"但愿人长久，千里共婵娟"，表示对自己的怀念和美好祝愿，来作衬托。但作者没有完全陶醉在欢乐之中，他清醒地意识到，坐中披翠着紫的宾客，也将像夜宿汀洲的鸿雁一样，不可能长相聚。天下没有不散的宴席。而且离别在即，今夜与宾客歌酒赏月，明夜将孤帆一片，投宿山村水驿，其凄凉悲苦之情可想而知。最后以王粲故事作结，言外之意是，与其像王粲那样不得志而登楼作赋，不如及时早退，以求"闲居之乐"。意在劝说其兄苏轼，早日归隐，同践旧约。这也是全词的主旨。

纵观此词，基调比较低沉。经历宦海沉浮后，作者已想打退堂鼓了。而其兄苏轼此时并不想退，撞了南墙他也不会轻易退出政治舞台。苏轼读了苏辙这首词后，认为"其意过悲"，对辙深表同情，慰勉有加，并另作一词以鼓气。

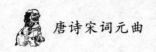

仲　殊

　　仲殊，即僧挥，俗姓张，法名仲殊，字师利。进士出身，早年因放荡不羁，妻子对他极为不满，在食物里下了毒，他得救不死，自此出家为僧。所食皆拌蜜糖，又称"蜜殊"。住苏州承天寺、杭州吴山宝月寺。与苏轼交好。崇宁中，自缢死。能文，善歌词，皆操笔立就。他虽然半路出家，词风却不清淡。如其《诉衷情》词："三千粉黛，十二阑干，一片云头"，够浓艳了。有《宝月集》，不传。今有赵万里辑本。

南歌子①

　　十里青山远，潮平路带沙。数声啼鸟怨年华，又是凄凉时候、在天涯。　　白露收残暑②，清风散晓霞。绿杨堤畔问荷花：记得年时沽酒、那人家③？

【注释】

　　①南歌子：唐教坊曲名。调名本汉张衡《南都赋》

"坐南歌兮起郑舞"句。又名《南柯子》、《风蝶令》、《望秦川》等。分单调、双调两体。单调始于唐温庭筠词，二十三字或二十六字，五句三平韵。宋人多用同一格或重填一片，谓之双调。

②残暑：一作"残月"。

③年时：当年，那时。那人家：那个人。这里是自指。家，在此用作语尾助词，是对"那人"的加强语气。

【赏析】

仲殊和尚是北宋著名诗僧，曾中进士。因早年生活放荡不羁，几被其妻毒死。后出家为僧。苏东坡雅重其人，称"此僧胸中无一毫发事，故与之游"。这首词写的是旅途的感受，表现和尚眷恋尘世的复杂心情，很能反映仲殊的个性。

词写夏末秋初清晨，和尚独自向着远处青山寺庙走去，走在江边潮湿带沙的路上，偶尔可以听到几声鸟啼。残月西坠，白露浸衣，清风吹散满天朝霞。这样的美景，对行客来说应该是很愉快的。可是，仲殊和尚走着、听着，总觉得鸟啼好像是在埋怨年华易逝，自己也不由得发出"又是凄凉时候"、又是远"在天涯"的感叹。一个"又"字说明仲殊长期云游四方、飘泊天涯以

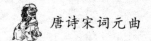

及对这种生活的厌倦情绪。这也说明这位和尚凡心未尽，仍旧对人世间的事情未能释然于怀。

接着写他来到荷塘边。这里满塘荷花，一堤柳树，清风过处，荷花飘香。他不禁眼睛一亮，原来这里是旧地重游，自己曾到过这里，在附近酒家买过酒喝，乘着酒兴，还欣赏过池塘里的荷花。想到这里，他不由得又高兴又感慨，情不自禁地向荷花欣然问道："荷花啊，你可还记得当年在此买酒喝的那个人么？"这一问，问得风趣、俏皮，仲殊和尚的性格、气质全在这一问中表现出来了。佛教清规不许饮酒，莲花是圣洁的象征。据《释迦氏谱》载，释迦如来诞生时，在无忧树下生出七茎七宝莲花，大如车轮。如来坠莲花上，不须扶持，自行七步。现在我们看到寺庙里的如来佛塑像，大都是端坐在莲花上的。而仲殊和尚看到莲花时，想到的却是佛门戒律不许饮的美酒。可见他虽出家当了和尚，依然六根未净，还未能一心皈依佛门。

侯　蒙

侯蒙（1054～1121），字元功，高密（今山东）人。

元丰八年（1085）进士，累官户部尚书同知枢密院、尚书左丞、中书侍郎、资政殿学士。宣和三年（1121）知东平府，未赴任即卒。谥文穆。《全宋词》存其词一首。

临江仙

　　未遇行藏谁肯信①，如今方表名踪②。无端良匠画形容③。当风轻借力，一举入高空④。　　才得吹嘘身渐稳，只疑远赴蟾宫⑤。雨余时候夕阳红。几人平地上，

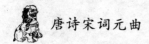

看我碧霄中。

【注释】

①行藏：《论语·述而》："子谓颜渊曰：'用之则行，舍之则藏。惟我与尔有是夫。'"行，出仕、行道；藏，退隐。这是古人见用则出仕，不用则退隐的一种处世态度。

②名踪：即名声和踪迹。

③画形容：这里是指好事者把作者的像画在风筝上。

④当风二句：指风筝借着风力，飞上高空。

⑤疑：这里作打算解。蟾宫：本谓月宫。因月宫有桂花树，旧时称考试中试为折桂，故蟾宫亦喻科举。

【赏析】

据传说，侯蒙长得难看，年青时屡考不中。有好事者把他的像画在风筝上，讽刺他妄想上天。侯蒙看了就在上面题了这首词以明志。后来他果真考中进士，并历任要职。

词的上片是说自己未遇上机会，没有当上官，只好隐居起来，这些谁肯相信呢？如今我才显现名声和踪迹，是因为有人无端地把我的像画在风筝上，凭借着风力，与风筝一起飞上了高空。这是写自己无端被人嘲弄，无可奈何，也是在明志，终有一天，自己要出人头地。

下片写风筝飞上天后，刚刚稳住身体，便打算远远地飞赴月宫里去。传说月宫中有桂树。古人把考试得中，称为"折桂"。这里说"远赴蟾宫"，意思很明显，作者相信，不管道路多远，自己一定能蟾宫"折桂"，考中。那时雨过天晴，从平地往上看，能有几人像我这样飞入云霄中呢？这是词人对自己的才智和前程充满信心，也是对那些嘲讽他的人的回答。后来，词人三十一岁时，果然一举考中了进士，用现在的话说，还当了好几任"大官"。

有的论者认为，这是一首讽喻词，表面上是写风筝，骨子里是讽刺封建社会那些往上爬的势利小人。是否如此，请读者见仁见智。

郑少微

郑少微，字明举，成都人。元祐三年（1088）进士，以文知名，曾知德阳。晚号木雁居士。《全宋词》存词二首。

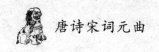

鹧鸪天

谁折南枝傍小丛，佳人丰色与梅同。有花无叶真潇洒，不向胭脂借淡红。　　应未许，嫁春风①。天教雪月伴玲珑②。池塘疏影伤幽独，何似横斜酒盏中③。

【注释】

①应未许二句：写梅花耐寒本性，并非愿嫁春风的桃李之辈，喻佳人不随俗。

②天教句：意思是梅花天生甘与雪月为伴。

③池塘二句：化用林逋咏梅诗"疏影横斜水清浅，暗香浮动月黄昏"名句。

【赏析】

这首词表面写梅，细玩味，又似处处在写冷艳的佳人和高洁的词人。

上片首二句就勾画出一幅美人折梅图。佳人与梅花媲美，花衬人美，人衬花美。是写人还是写花，难以分清。三四句赞美梅花和佳人的天生丽质，不用任何陪衬和点缀，梅花无须绿叶扶持，佳人也不借助胭脂浓妆淡抹，依然风姿绰约，潇洒可人。"胭脂"在这里若看作红极一时的权势的象征，佳人不会借重其一丝一毫以自炫，这实际上隐含着词人的自况。

下片进一步写梅花气质，其象征意义就更加明朗。梅花犯寒而开，并非愿嫁春风的桃李之辈。这就把梅花所象征的佳人或高人不随俗、不趋炎附势的美德表现出来。梅花天生性格愿与雪月为伴，孤芳高洁。这又多像词人一生不汲汲于功名富贵的高贵品格。结尾二句暗用林逋咏梅诗"疏影横斜水清浅，暗香浮动月黄昏"名句。宁静池塘映照着清疏的影子，梅花多少有点伤感自家孤独。这写的是梅，实际上正是佳人和词人心声的流露。"何似横斜酒盏中"，词人以梅花自喻的意味更加明显。既然"池塘疏影伤幽独"，又何妨作杯中梅影横斜得更加自由，词人在酒醉中将得到解脱，忘却一切烦恼，这是词人的一种愿望。

这首词的妙处，在于咏物而不拘泥于物。它咏梅又非单咏梅，既咏佳人，又是词人的自况，蕴含十分丰富。在众多咏梅词中，是不多见的。

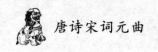

谢 逸

谢逸（1064～1113），字无逸，号溪堂，临川（今江西）人。屡试不第，以诗文自娱，布衣终身。曾作蝴蝶诗三百首，多有佳句，世称"谢蝴蝶"。江西诗派重要作家，其词长于写景，风格清丽。有《溪堂词》。

江城子①

杏花村馆酒旗风②。水溶溶，飏残红③。野渡舟横④，杨柳绿阴浓。望断江南山色远，人不见，草连空。夕阳楼外晚烟笼。粉香融，淡眉峰。记得年时，相见画屏中⑤。只有关山今夜月，千里外，素光同。

【注释】

①江城子：一作《江神子》。

②杏花村句：此句源于杜牧《清明》"借问酒家何处有，牧童遥指杏花村"诗句。因杜诗很著名，故酒店取"杏花村"者多有。

③溶溶：水流动的样子。杜牧《阿房宫赋》："二川溶溶，流入宫墙。"飏残红：指落花在风中飘扬。

④野渡舟横：化用韦应物《滁州西涧》"野渡无人舟自横"诗句。宋初寇准曾把韦诗衍化为两句："野水无人渡，孤舟尽日横"，意境仍一样。

⑤相见画屏中：画屏中，指室内。此句暗示"相见"后二人曾在一起度过一段美好时光。晏几道《临江仙》"酒醒长恨锦屏空"，就有这种暗示。不同的是晏词强调人去楼空，此词则重在对往事温馨的回忆。

【赏析】

这首词是写游子思念故乡的情人。据《复斋漫录》称，谢逸曾过黄州杏花村馆驿，题此词于驿壁。过者爱赏，纷纷索笔于馆卒抄录。馆卒苦之，以泥涂去。此词见重于当世，于此可见一斑。

词上片写景，一句一个画面。落花时节，村头酒旗招摇，村外流水潺潺，绿树浓荫，荒野渡口无人，孤舟自横，遥望江南山色，连绵不断，碧草连天，伊人不见。好一幅优美的暮春村野图，写景中流露出词人淡淡的愁思。

下片写情。楼外夕阳下，晚烟朦胧。在这充满神奇色彩的环境里，晚妆初了的美人儿出现了。她脂香粉红，淡眉如峰。当年的欢爱自在不言中。结尾三句突然掉转笔锋，又由回忆回到现实中来，关山阻隔，相会难期，只有皎洁月光，同时照着你，也照着我。这种手法，并非谢逸首创。古人早有"千里兮共明月"的话。白居易寄诸兄弟妹诗说："共看明月应垂泪，一夜乡心五处同。"苏轼名篇《水调歌头》结尾也有"但愿人长久，千里共婵娟"的美好祝愿。而此词结尾则重在诉说离情，有情人不能相见，徒然共赏一轮明月，带有深深的惆怅和抱怨的意味。谢逸长于写景，风格疏隽清丽，这首词颇能体现他的这种风格。

谢克家

谢克家（？～1134），字任伯，上蔡（今河南）人，绍圣四年（1097）进士。建炎四年（1130）拜参知政事。《全宋词》存其词一首。

忆君王①

依依宫柳拂宫墙，楼殿无人春昼长。燕子归来依旧忙。忆君王，月破黄昏人断肠。

【注释】

①忆君王：此词调名本为《忆王孙》，因谢词中有"忆君王"句，故改此名。此词有单、双调两体。单调三十一字，五句。始创于秦观，因秦词中有"萋萋芳草忆王孙"得名。双调见《复雅歌词》，五十四字。又名《豆叶黄》、《画蛾眉》、《怨王孙》、《独脚令》、《阑干万里心》等。

【赏析】

这首词是怀念宋徽宗的。靖康元年（1126）十二月，金人攻破汴京，二年春，徽、钦二帝及在京皇族全被掳走，京城和宫殿被洗劫一空。北宋灭亡。据杨慎《词品》载："徽宗此行，谢克家作《忆君王》词"，"忠愤郁勃，使人出涕"。谢氏是绍圣四年进士，亲眼看到徽宗被掳，中原易主。这首词就是他在离乱中所作。词意如词牌名，字里行间充满着痛思君王、故国之情。

全词富于感情色彩，不言国破君掳，而言宫柳依依，楼殿空寂，一种物是人非之感，跃然纸上。依依宫柳轻拂宫墙，好似恋恋不舍君王被掳北去。昔日君王在时，宫中热闹非凡，人苦昼短；如今君王被俘，楼殿一片死寂，备觉春昼漫长。而归来的梁上燕子，经营旧巢，依旧忙着飞进飞出。燕子是无情之物，哪知楼殿依旧，而主人已换。这里以燕子的无情，来反衬人的有情、多情。歇拍二句写对君王深切的思念。思念你啊，君王，从白天思念到黄昏，又从黄昏思念到月上柳梢，思念得痛断肝肠。"月破黄昏"，月亮冲破黄昏，即先是黄昏，然后月亮升起冲破黄昏，这里意味着时间的延续。《词林纪事》"月破黄昏"作"月照黄昏"，月亮和黄昏同时存在，没有时间推移的感觉。所以这里的"破"字用得好。

这首小令，从头到尾都是写对君王的怀念。词人亡国之痛发自肺腑，万千情感结于数语。故能震撼人心，力透纸背。难怪有人称颂此词"语意悲凄，读之令人泪堕，真爱君忧国之语也。"

徐　俯

徐俯（1075～1141），字师川，号东湖居士，洪州分宁（今江西）人。黄庭坚之甥。因父死于国事，授通直郎。绍兴二年（1132）赐进士出身。累官端明殿学士、签书枢密院事、权参知政事。工诗词。有《东湖集》，不传。

卜算子

天生百种愁，挂在斜阳树①。绿叶阴阴占得春，草满莺啼处。　　不见生尘步②，空忆如簧语③。柳外重重叠叠山，遮不断、愁来路。

【注释】

①天生二句：李白《金乡送韦八之西京》"狂风吹我心，西挂咸阳树。"这里化用此诗意。

②不见生尘步：语出曹植《洛神赋》"凌波微步，罗袜生尘。"这里形容女子走路时步履轻盈的姿态。

③如簧语：《诗经·小雅·巧言》"巧言如簧"。这里把贬义改为褒义，形容女子声音动听，有如美妙的音乐。

【赏析】

这是一首伤春怀人词。开头即将胸中万斛愁情，喷薄而出。状"愁"之多，言"百种"；状"愁"之无法排遣，言"挂在斜阳树"上，举目即见。李白有"狂风吹我心，西挂咸阳树"。这里巧妙化用，

　　言所思之人远在山外，举目望去，斜阳照处，烟霭迷濛，远处青山，好似披挂着满树忧愁。这话似无理，实却情深。一"挂"字将抽象的"愁"与"斜阳树"联系起来，给人以具体的感受。接下二句描绘一幅暮春图：绿树浓荫，芳草遍地，莺声婉转，意境清丽。"阴阴"重叠，使浓密树荫更有立体感。一个"占"字映衬出主人公心中的一种失落感和忧愁。这种失落感和忧愁具体是什么，却未说出。

　　下片紧承上片，首二句"不见生尘步，空忆如簧语"，点明上片"愁"的内容。原来词中主人公所思念的是一位绝色佳人。这位佳人轻盈的步履，优美的姿态和美妙的声音，一直萦系在他的心头。接着二句是说因忆而不见，相思的愁苦无法排遣，尽管柳外有重叠叠的青山，也遮挡不住愁的来路。这里不说重重叠叠山遮断相见之路，却反过来说"遮不断、愁来路"。因为所思之人正在山的那边，这是"愁"的来源。同时这两句还说明，这种忧愁是不可阻挡的，尽管青山重重叠叠，也阻挡不住愁的到来。古人填词讲究救首救尾。此词首二句写"天生百种愁，挂在斜阳树"，结尾二句又言"柳外重重叠叠山，遮不断、愁来路"，前后呼应紧密，浑然一体。

作者是"苏门四学士"之一黄庭坚的外甥。他作词愿独辟蹊径，写出自己的真情实感，不愿因袭前人，哪怕是他的舅舅。有人说他的词"源于山谷"，他很不以为然。细读此词，确实构思精巧，颇具匠心。

万俟咏

万俟咏，字雅言，自号大梁词隐。能自度新声，每制一腔，哄传京中。徽宗朝充大晟府制撰，与周邦彦等按月律进词。其词构思新颖，风格淡雅。有《大声集》，不传。有今人辑本，存词二十余首。

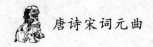

诉衷情

　　一鞭清晓喜还家，宿醉困流霞①。夜来小雨新霁，双燕舞风斜。　　山不尽，水无涯，望中赊②。送春滋味③，念远情怀④，分付杨花。

【注释】

　　①流霞：泛指美酒。

　　②山不尽三句：意思是快到家了，回望归程，山水连绵，竟是那么长远广阔，当时却是一山一水，艰难走过的。赊：有两义，有余与不足。有余可引申为远、长、空阔、多解。这里应作长远解，因为词人回望归程走了漫长一段路，所以说"望中赊"。

　　③送春滋味：指词人客中送春的凄凉滋味。

　　④念远情怀：指家人思念词人远客他乡的伤感情怀。

【赏析】

　　这首词黄昇《花庵词选》题作"送春"，大概因词中有送春滋味句，其实这是错会。细审词意，主要是抒发客子还家的欢快心情，字里行间洋溢着一团喜气。

词一开头就点主题，客子大清早就扬鞭催马赶路，估计今天可以到家了，按捺不住心中的高兴。"喜"字是全词结穴，统篇写景抒情全围绕它构思。接下来写因为快到家了，心中高兴，昨晚一个劲儿喝酒，今朝骑在马上脑袋还昏沉沉的。抬起惺忪醉眼，原来昨夜一场小雨到清晨方歇，天气清朗，一双双春燕在晨风中上下翻飞。它们好像在为客子归来起舞欢呼。词人显然是带着惬意心情来欣赏眼前景物的。

下片，"山不尽"三句，写客子快到家了，不禁回望归程，峰峦叠叠，绵延不断；河水辽阔，没有尽头，望去竟是那么悠远广阔。当时却是一山一水、一步一步艰难地跋涉过来的啊，所幸这一切已成过去，快到家了。感慨之余，眼见漫天飘舞的杨花，便随口吟出一串妙语：我客中送春的凄凉滋味，家人思念我远客他乡的愁怀，对不起，今日统统交给蒙蒙杨花去承受，咱们再见了。以这样幽默、俏皮的语句来描写客子还家的喜悦心情，更生动逼真，给人以无穷的回味。

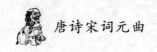

朱敦儒

朱敦儒（1081～1159），字希真，洛阳人。早年以清高自许，不愿做官。北宋末年，金兵南侵，他由江西流落两广。宋高宗绍兴二年（1132），应召做过秘书省正字、兵部郎中等职。后因与指斥秦桧"怀奸误国"的名臣李光相交通而被罢官。晚年在秦桧的笼络下做过鸿胪少卿（赞礼官）。他一生做官时间极短，长期隐居江湖间。词集有《樵歌》，又名《太平樵歌》，多为隐逸闲适之作，也有少量忧国伤时的作品，其词清新晓畅，很少用典，也很少艳语。

鹧鸪天·西都作①

我是清都山水郎②，天教懒慢带疏狂③。曾批给露支风敕，累奏留云借月章④。　　诗万首，酒千觞，几曾着眼看侯王？玉楼金阙慵归去⑤，且插梅花醉洛阳。

【注释】

①西都：北宋以洛阳为西京，故称西都。

②清都山水郎：天上管理山河的郎官。清都：传说中天帝的宫阙。

③疏狂句：一作"天教分付与疏狂"。疏狂：狂放，不受礼法约束。

④支：支取。敕：皇帝的诏书。章：臣子的奏章。这二句意思是：我管理露、风、云、月，是天帝批准的，也是我再三上奏章请求的。露，一作"雨"。敕，一作"券"。

⑤玉楼金阙：天上宫殿。这里指朝廷，是说自己不愿回朝廷做官。

【赏析】

作者早年在故乡洛阳隐居，闲饮酒，醉吟诗，徜徉山水之间，视富贵为浮云，虽为布衣却有朝野之望。据《宋史·文苑传》记载，靖康年间，钦宗曾召朱敦儒至京师，欲授以学官。他坚辞道："麋鹿之性，自乐闲旷，爵禄非所愿也。"遂拂袖还山。这首词就是他从京师回洛阳后作的，故题为"西都作"。词的上片是说自己爱好山水，生性懒散狂放，不拘礼节。词一开始就说我是天上管理山水的郎官，生性懒散和狂放不羁。这样夫子自封自道，岂不太狂？但词人犹嫌不足，紧接着二句说，我管理露风云月是玉皇大帝批准的，我也累上奏

　　章，打过申请报告，意思是我当清都山水郎是手续齐备，有正式批文，名正言顺，不是冒牌货，谁也奈何不得我。这就不仅是"狂"，简直是"妄"了，用现在的话说，就是太浪漫蒂克了。

　　下片继续进一步写自己的生活和思想感情。"诗万首"三句意思是，我闲喝酒，醉吟诗。饮酒干杯，吟诗万首，什么时候把侯王权贵放在眼里。连天上的玉楼金阙我都懒得归去，更甭说要我回朝廷里做官了。我只愿在洛阳过插梅醉卧的隐逸生活。

　　封建社会等级制度森严，敢于鄙夷权贵、傲视王侯的人不多。朱敦儒前半生这样说，也基本上这样做了。

可惜晚节未终。词人晚年隐居嘉禾（今浙江嘉兴），诗词名声流播海内。秦桧想让朱敦儒教自己儿子秦熺作诗，他先让朱敦儒儿子做删定官，继尔又让敦儒为鸿胪少卿。词人老来爱子，又害怕被加罪流放，只得不情愿地按照秦桧的意愿去做。这是词人政治上的一个污点。后有人拈出朱敦儒早年作的这首词，作诗讽刺道："少室山人久挂冠，不知何事到长安。如今纵插梅花醉，未必王侯著眼看。"（宋周必大《二老堂诗话》）由前半生"几曾著眼看侯王"，到后半生"未必王侯著眼看"，这是朱敦儒的悲哀。能怪谁呢？晚节大如天！

　　这首词写得清新自然，通俗流畅，是朱敦儒前期词的代表作，也是他前半生生活的写照。

相见欢①

　　金陵城上西楼，倚清秋②。万里夕阳垂地、大江流。中原乱，簪缨散，几时收③？试倩悲风吹泪、过扬州④。

【注释】

　　①相见欢：唐教坊曲名，后用为词牌。又名《乌夜啼》、《秋夜月》、《上西楼》、《月上瓜洲》等。

　　②倚清秋：即倚楼观看清秋景色。

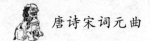

③中原乱：指公元 1127 年金兵占领北宋中原地区的变乱。簪缨散：指变乱中贵族官僚都逃散了。簪缨：达官贵人的冠饰，这里指达官贵人。收：这里指收复失地。

④倩：请求、托。过：到。扬州：今江苏扬州市，当时屡受金兵侵扰，是南宋的前方。这句与李白"我寄愁心与明月，随风直到夜郎西"诗句相似。

【赏析】

这首小词，气魄大，寄意深，情辞慷慨，充分表现了朱敦儒同情沦陷区人民，要求收复失地，统一中原的爱国热情。词人南渡后，词风也为之一变，由过去抒写隐逸生活，变为抒发国破家亡之痛。这在词人是一大进步。这首词是作者少量爱国词中的佳作。

词的上片着重写景。首二句是说在一个秋天的傍晚，作者登上金陵城高高的西楼，倚着栏杆眺望秋景。接着二句是写楼上眺望所见景象：火红夕阳映照着辽阔的大地，万里长江滚滚奔流。"万里夕阳垂地、大江流。"会使人们想起杜甫"星垂平野阔，月涌大江流"的名句，也容易使人联想到李商隐《登乐游原》"夕阳无限好，只是近黄昏"的意境。长江万里滚滚东流，景象是壮阔的，但夕阳已垂垂下落，眼看就要沉落到地平线下，给人一种好景逝去，不可挽回的伤感，这二句表面看是写景，实际上是借落日和逝水来表现词人对国家民族危亡的那种悲凉抑郁的心情。

下片完全抒情。首句"中原乱"三字内含丰富。包括金兵入侵和北宋灭亡的巨大变化。金兵侵占汴京后，烧杀抢掠，奸淫妇女，无所不为，除徽、钦二帝被俘外，后妃、太子、公主等赵氏宗戚三千多人，均未幸免。国破家亡，惨不忍睹，词人仅用一个"乱"字就概括了。"簪缨散"是说那王公大臣、达官贵人除被俘者外，也都纷纷南逃，哪里还顾得上沦陷区人民的死活。"几时收？"是词人面对大片北方沦陷区发出的沉痛怒吼，既是对沦陷区人民的同情，更是对统治阶级的斥责。这三个字凝结着词人的血泪，也是广大爱国者和沦陷区人民的强烈呼声。"试倩悲风吹泪、过扬州。"无可奈何，最后词人忽发奇想，请悲凉的秋风吹散自己伤心的热泪，洒落到多灾多难的扬州，给沦陷区的广大人民捎去自己深切的问候和衷心的祝愿。扬州是当时南宋抗金的前线。倩风吹泪过扬州，还表现了词人对前线战事的关切和对前线将士的关怀等。至此，词人强烈的爱国感情已达到高潮。词也戛然而止，结束得有力，给人以言已尽而意无穷之感。

慕容岩卿妻

慕容岩卿妻,生平不详。其夫岩卿,姑苏(今苏州市)人。

浣溪沙

满目江山忆旧游,汀洲花草弄春柔。长亭舣住木兰

舟①。　　好梦易随流水去，芳心犹逐晓云愁。行人莫上望京楼②。

【注释】

①舣：使船靠岸。木兰舟：船的美称。

②望京楼：据《太平寰宇记》载，东京浚仪县城西门楼（地在今河南开封），本无名，唐令狐绚重修之，登临赋诗："夷门一镇五更秋，未得朝天未免愁。因上此楼望京国，便名楼作望京楼。"许浑有"去乡今已远，更上望京楼"。这里是化用唐李益《献刘济》"感恩知有地，不上望京楼"诗意。委婉地讽谕"行人"不要上京去求官，怕的是得了官便更无归期。

【赏析】

这是一首忆旧怀人词，以浓艳之笔，传怨慕之情。周紫芝《竹坡诗话》说是慕容岩卿的亡妻生前所作，死后所吟者，更增加了这首词的神秘色彩。

词的上片，由眼前景物勾起对往事回忆。满目江山依旧，汀洲上花草仍旧沐浴着春光，卖弄着娇媚的姿态。风景不殊，物是人非。昔日所见之景同，今日同游之人非。眼前景不由引起女词人当年在此长亭送别情人的回忆，兰舟将要启航，却在长亭边停泊下来。两人恋

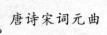

恋不舍，依依惜别。不言留恋而留恋之情自见。这一结补上了首句"忆"的具体内容。

下片换头"好梦易随流水去"，正是承上片"忆旧游"而来。"好梦"蕴含许多难忘的往事，包括昔日的两情欢愉，山盟海誓等。往事如梦，如今都像流水一样一去不复返了。而女词人的芳心却始终系念着如"晓云"般飘忽不定的情人，尽管明知这样做只能徒增惆怅，但仍旧痴心不改。结句化用唐人诗句，委婉地讽劝意中人不要上京城去求官，怕的是得了官更无归期，更难相见了。这是对"行人"的劝慰语，叮咛语，意味深长，忠厚之至。这是一颗多么善良、多么美好的"芳心"啊！

陈廷焯《白雨斋词话》说："《浣溪沙》结句，贵情余言外，含蓄不尽。"此词结句，正是如此。

吕本中

吕本中（1084～1145），字居仁，世称东莱先生，寿州（今安徽寿县）人。绍兴六年（1136）进士。累官中书舍人、权直学士院，以忤秦桧罢职。词以婉丽见长，南渡后，亦有悲慨时事、渴望收复中原故土之作。有《东莱集》、《紫微诗话》、《紫微词》。

采桑子

恨君不似江楼月，南北东西。南北东西，只有相随无别离。　　恨君却似江楼月，暂满还亏。暂满还亏，待得团圆是几时^①？

【注释】

①团圆：《乐府雅词》作"团团"。

【赏析】

这首词写的是闺妇之怨。以月亮喻离情，在唐诗宋词中早已用得滥熟。但这首词却就明月相随不离和暂满还亏两点，颠来倒去，正说反说，似与不似，都是怨情。从闺妇口中一一道来，更觉韵味无穷，给人耳目一新之感。

这首词"江楼月"的比喻，在艺术上颇具特色。钱钟书先生在《管锥编》中提出："比喻有两柄亦有多边。"他说：作为喻体的某一事物，"或以褒，或以贬，或示喜，或示恶，词气迥异"，此为喻之"两柄"。所谓

喻的多边，他说："盖事物一而已，然非止一性一能，遂不限于一功一效。取譬者用心或别，着眼因殊，指同而旨则异；故一事物之象可以孑立应多，守常处变。"以月为例，"形圆而体明"，既可以比喻圆，也可以比喻明亮。这就是比喻的多边。

钱先生说比喻的两柄和多边，是指不同的作品说。在一篇作品里的比喻，有没有既具喻之两柄又具喻之多边呢？有，这首词就是。词的上片写江楼明月，南北东西，夜夜相随，永不分离。不像夫君离家远出，不能相守，月与夫比，恨夫不似月。这里对江楼月是赞美。江楼月是正面形象。下片写江楼月"暂满还亏"，月圆时少，缺时多，难得团圆。想到自己与夫君相聚时短，分离时长。月与夫比，恨夫恰似月。这里对江楼月又是恨词。江楼月又变成反面形象。这一赞一恨，一正一反，使江楼月在一篇中有喻之两柄。此外，江楼月，在上片中比"只有相随无别离"，下片又比"待得团圆是几时"。在一篇作品中，同一比喻，所比不同，又构成多边。由此可见，这首词"江楼月"的比喻，在修辞学上是非常难得的。

此词女主人公一会儿恨君不似江楼月，一会儿又恨君却似江楼月，横也恨，竖也恨。但她决不是神经病。这是民歌中"冤家"、"对头"一类的所谓"冤亲语"，正是恨之愈深，思之愈切。责怨声中更加重感情的分量。明沈际飞说此词："语语无饰，似女子口授，不由笔者写。情语不在艳而在真，此也。"也就是说这是一首本色词。全词不用典故，不用华丽辞藻，以白描手段，采用民歌常用的叠唱手法，反复咏叹，给人以美的享受。

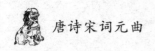

胡世将

　　胡世将（1085～1142），字承公，常州晋陵（今江苏）人。崇宁五年（1106）进士。累官监察御史、四川安抚使、川陕宣抚副使、端明殿学士。曾击败金兵，收复陇州一带失地，是一位力主抗金的将领。《陕西通志》卷九十七录其词一首。

酹江月①

秋夕兴元使院作，用东坡赤壁韵②。

　　神州沉陆③，问谁是、一范一韩人物④。北望长安应不见⑤，抛却关西半壁⑥。塞马晨嘶，胡笳夕引⑦，赢得头如雪⑧。三秦往事⑨，只数汉家三杰⑩。　　试看百二山河⑪，奈君门万里⑫，六师不发⑬。阃外何人⑭，回首处、铁骑千群都灭⑮。拜将台欹⑯，怀贤阁杳⑰，空指冲冠发⑱。阑干拍遍，独对中天明月。

【注释】

①酹江月：一作《念奴娇》。

②兴元：今陕西汉中市，宋时为兴元府。兴元使院，指川陕宣抚使衙门。用东坡赤壁韵：即用苏轼《念奴娇·赤壁怀古》词韵。

③神州沉陆：指中原大片地区沦于敌手。无水而沉谓之陆沉。沉陆，即陆沉。比喻国土沦陷。

④一范一韩：指范仲淹、韩琦。二人曾主持陕西边防，西夏不敢骚扰。当时边上民谣说："军中有一韩，西贼闻之心胆寒；军中有一范，西贼闻之惊破胆。"

⑤长安：借指北宋首都汴京。

⑥关西：指函谷关以西地区。半壁：半边。

⑦夕引：即夕奏。

⑧赢得句：意思是落得满头白发。赢得：剩下，落得。

⑨三秦往事：项羽当年入咸阳后，将关中封给秦的三位降将；章邯为雍王，司马欣为塞王，董翳为翟王，谓之三秦。试图阻止刘邦打出汉中。

⑩三杰：张良、萧何、韩信史称汉初三杰。

⑪百二山河：语出《史记·高祖本记》："秦，形胜之国，带河山之险，悬隔千里，持戟百万，秦得其二

也。"这里是形容关中形势险要。二人扼守，可敌百人。

⑫君门：指朝廷。

⑬六师不发：原注"朝议主和"。这里是说南宋朝廷主和派阻挠，不肯出兵保卫关中。六师：天子六军，指中央军队。

⑭阃外：将领领兵在外，称阃外。阃：郭门。

⑮千群都灭：原注"富平之败"。建炎四年（1130）张浚合五路兵马四十万人与金兀术战于富平，最后大败。

⑯拜将台：在陕西南郑，是刘邦拜韩信为大将时之台。欹：倾斜。

⑰怀贤阁：在陕西凤翔东南，宋代为追怀诸葛亮而建。

⑱冲冠发：怒发冲冠，形容愤怒到极点。

【赏析】

宋高宗绍兴十年（1140）金人南犯，金兀术分兵四路攻宋。南宋各地局势紧张。其中一路金兵陷同州，入长安，远近大震。当时胡世将任川陕宣抚副使，诸将中有建议暂避金人兵锋的，他愤然指所居帐曰："世将誓死于此！"决不后退半步。他与吴璘同心协力，带领诸将出击抵抗，累挫金兵，使金人逡巡不敢度陇，分屯之军得全师而还。与此同时，岳飞、韩世忠诸将也在中原地区重创金兵，形势大有好转。恰此时，朝廷任用秦桧，力主和议。八、九月间，罢斥一批力主抗战的人物，将淮河至大散关以北土地拱手让给敌人。作者痛感和议误国、朝廷失策，乃作此词以抒愤懑之情。

此词为感时而发，用的是苏东坡赤壁怀古韵。词一开始就以愤激语气提出：中原大片土地已沦陷敌手，谁是范仲淹、韩琦那样抗击敌人、收复失地的人物呢？大敌当前，朝廷罢斥主战派人物，作者对此表示不满，深慨当代没有这样的人物。下面说"汉家三杰"已成"往事"，拜将台和怀贤阁则一"欹"一"杳"，都是暗寓当今对人材的轻视和糟蹋，语带双关，大有己谋不用的孤愤。"奈君门万里，六师不发"二句，点出朝廷不肯发兵，原因是主和派阻挠，矛头直指秦桧一伙误国贼。

此词写得慷慨悲壮，富有政论色彩。引用汉代与关中有关的历史事实，论证宋朝完全可以扼守取胜，有力地批判了和议误国。像这样以边将身份主战反和，用词讽谕朝廷，干预时事，在宋室南渡之后的爱国词中并不多见。这首词可以和岳飞《满江红》（怒发冲冠）及辛弃疾《木兰花慢》（汉中开汉业）并读。

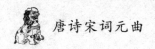

赵 鼎

　　赵鼎（1085～1147），字元镇，号得全居士，解州闻喜（今山西）人。崇宁五年（1106）进士，高宗即位，累官御史中丞、枢密使，两度为宰相，力主抗金。立朝刚直敢言，反对和议，再赞亲征，皆能决胜。因秦桧构陷，谪贬漳州、潮州，移吉阳军，有谢上表曰："白首何归，怅余生之无几；丹心未泯，誓九死以不移。"秦桧读后说："此老倔强犹昔。"他知秦桧必欲加害，遂绝食而死。死前自书旌铭："身骑箕尾归天上，气作山河壮本朝。"英风壮概，气节凛然，天下闻而悲之。能诗文，善词，多思念故国山河之作。文如其人，清奇劲峭。有《忠正德文集》、《得全居士词》。

鹧鸪天·建康上元作①

　　客路那知岁序移，忽惊春到小桃枝。天涯海角悲凉地②，记得当年全盛时。　　花弄影，月流辉，水晶宫殿五云飞。分明一觉华胥梦③，回首东风泪满衣。

1464

【注释】

①上元：即农历正月十五元宵节。

②悲凉地：指建康，即今南京市。

③华胥梦：语出《列子·黄帝》，故事谓黄帝昼寝而梦，游于华胥氏之国。后来华胥常用作梦境代称。这里指北宋繁华已像梦境般消逝。

【赏析】

赵鼎是南宋初的中兴名臣，两度入相，与宗泽、李纲相鼎足。他正直敢言，力主抗战，反对和议，遭秦桧

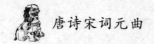

忌恨，被罢相，贬吉阳军。他宁折不屈，知秦桧必欲杀
害他，绝食而死。死前自书旌铭："身骑箕尾归天上，
气作山河壮本朝。"大气凛然。这首词系他南渡后写于
建康。时值元宵佳节。抚今忆昔，寄寓北宋亡国之痛。

上片写初到建康。首二句是说北方国土沦陷，自己
转徙到此，心情苦闷，哪知岁序移。看到枝上小桃初
开，方知又到了一年的春天。这是初到的口气。"那
知"、"忽惊"二语，曲折地传出词人逃难作客他乡，由
茫然到陡觉的神情。"天涯海角悲凉地"，补足"客路"
二字。建康离北宋首都汴京虽不甚远，但对战乱中的人
来说，有如天涯海角。建康当时为国防前线，从北方逃
来的大批难民在此流离失所，情状很惨，故词人又称为
"悲凉地"。当然这也与词人当时"悲凉"的心情有关。
由眼前元宵节的悲凉景象，词人自然而然地想起昔年京
都汴京欢度元宵节的盛况。"记得当年全盛时"一句，
不禁脱口而出。上片至此句结束，下片紧接此句写全盛
时情景。此句是词中一大转折，章法奇妙。也有的论者
把"记得当年全盛时"，解为眼前"悲凉"，全盛只在
"当年"，即是建康的"六代豪华"的时期。这样解似不
可取。

下片回忆京都上元盛况。词人采用避实就虚写法，

写花影婆娑，彩灯耀目，灯月交辉，宫殿晶莹，五彩云飞。这全盛时景象，却随着金人的入侵，顿时灰飞烟灭。北宋昔日的繁华已像梦境般地消逝。回头看去，春风依旧，而物是人非，悲愤伤感，不禁临风痛哭，泪湿衣襟。

此词用笔轻淡而感情深挚。词一般都以景结情煞尾较好，此词却以情煞尾，给人一种悠悠不尽的回味。

蒋兴祖女

蒋兴祖女，宜兴（今江苏）人。其父蒋兴祖，靖康时为阳武令，金兵入侵，不屈死。其女被掳北去，道经雄州（今河北雄县），题《减字木兰花》于驿壁。

减字木兰花① · 题雄州驿②

朝云横度，辘辘车声如水去。白草黄沙，月照孤村三两家。　　飞鸿过也，百结愁肠无昼夜。渐近燕山③，回首乡关归路难。

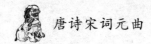

【注释】

①减字木兰花：词牌名，即《木兰花》的一、三、五、七句各减二字，共四十四字。上下片各二句仄韵转二句平韵。

②雄州：今河北雄县。

③燕山：即燕山府（今北京市），时为金之后方重镇。

【赏析】

这首小词，是集国仇家恨于一身的弱女子，在被俘后押赴异国的途中，和着血泪写下的一首凄婉哀绝的词篇。

作者是阳武县令蒋兴祖之女。据《宋史·忠义传》载：靖康初，金兵犯京师，当阳武县城被围时，有人劝蒋兴祖走避。蒋兴祖说："吾世受国恩，当死于是。"他坚决抵抗，至死不屈。死时年四十二岁。他的妻子和儿子也都殉难。另据《梅涧诗话》云，蒋兴祖女时年十七八岁，"美艳色，能诗词，乡人皆能道之。"她被掳北行，途经雄州，在驿站上写下了这首词。

上片重点写景，写沿途所见。天色微明，金兵驱赶着被押的妇女迢迢北上，辘辘的车声像哗哗的流水不住地向前流去。沿途兵焚后异常孤寂、荒凉、人烟稀少，只见白草飞卷，黄沙漫天。夜晚，清冷的月光照着大平原上残存的三两人家的孤村。这几句就像是几个电影特写镜头，画面简洁鲜明，边地凄惨景象宛然在目，这也同女词人当时的凄凉心境相吻合。"辘辘"，是车声的生动摹拟。"如水去"，既写车辆之多，络绎不绝，也写出此行北去，将像流水一样永不会回返的悲痛。

下片着重抒情。天上雁儿阵阵，北雁南飞，而自己却离开家乡，被押北上，人不如雁，怎不令人悲伤。雁儿南飞，虽可给亲人传书，然而此时父母、兄长均亡，无处可以投书。这深悲巨痛，难以诉说，只有愁肠郁结，日夜悲伤了。结拍二句是说离金人统治的重镇燕山越来越近，离故乡却越来越远。回望故国家园，想到此去南归无望，不禁悲从中来，痛断肝肠。

这首词作者写国破家亡、被掳北行，感情极为沉痛真挚，真是字字血，声声泪。写的虽是个人的不幸，但却反映出当时广大人民的普遍遭遇。清代词论家况周颐《蕙风词话续编》评论这首词说："寥寥数十字，写出声声留恋，步步凄恻。"又说："当戎马流离之际，不难于慷慨，而难于从容。"这个评价颇为中肯。这首词真实地把流离之苦从容不迫写来，它高于那些故作慷慨激昂状之词，也远非那些无病呻吟之作可比。

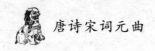
聂胜琼

聂胜琼，长安名妓，性聪颖，后嫁宋朝官员李之问。存词一首。

鹧鸪天·寄李之问①

玉惨花愁出凤城②。莲花楼下柳青青。尊前一唱阳关后③，别个人人第五程④。　　寻好梦，梦难成。有谁知我此时情。枕前泪共帘前雨，隔个窗儿滴到明。

【注释】

①李之问：宋时官员，生平不详。

②玉、花：这里是聂胜琼自喻。凤城：京城。

③阳关：即阳关曲，指王维《送元二使安西》诗。

④别个人人：意谓送别那人。个，此也，人人，对所爱者的昵称，犹今"人儿"，指李之问。第五程：极言路程之远。

【赏析】

这是一首送别词。据《古今词话》记载："李公之问仪曹,解长安幕,诣京师改秩,都下聂胜琼,名倡也,质性慧黠,公见而喜之。李将行,胜琼送别,饮于莲花楼,唱一词,末句曰:'无计留君住,奈何无计随君去。'李复留经月,为细君督归甚切,遂别。不旬日,聂作一词以寄李,名《鹧鸪天》。李在中路得之,藏于箧间。抵家为其妻所得。因问之,具以实告。妻喜其语句清健,遂出妆奁资夫往京师取归。琼至,即弃冠栉,损其妆饰,奉承李公之室以主母礼,大和悦焉。"这段记载是否真实,似不必深究。但聂词词意真诚专一,写得缠绵悱恻,一往情深,而且出自一位风尘女子之手,实在难能可贵。

词的上片写送别,主要是铺衍王维《送元二使安西》诗而成。王诗是:"渭城朝雨浥轻尘,客舍青青柳色新。劝君更尽一杯酒,西出阳关无故人。"此词首二句"凤城"、"莲花楼"点明送别地点,"柳青青"点明送别时节。以"玉惨花愁",显示凄恻内心世界,以青柳依依反衬离别之悲。内容与王诗首二句词意仿佛。三四句说,席前一曲凄怨的阳关曲唱罢,心上人就要起程,离我远去。词意也与王维后二句相近。不同的是,王诗是送朋友,留恋中带有一股豪气。此词却是送情人,哀怨中多一份缠绵。

下片写别后思念。化用万俟咏《长相思·雨》词意。万词云:"一声声,一更更,窗外芭蕉窗里灯,此时无限情。""梦难成,恨难平。不道愁人不喜听,空阶滴到明。"而万词又似从温庭筠《更漏子》词下阕脱化而来,温词云:"梧桐树,三更雨,不道离情正苦。一叶叶,一声声,空阶滴到明。"以雨声衬托无眠之人相思的悲苦之情,万和温词是感物伤怀,由外及里。而此词则是由内及外,因相思而无眠,因无眠而闻雨,以"枕前泪"比"帘前雨",又用"隔个窗儿"共同"滴到明",把这两幅画面相联相叠,更见新颖,更深化了离别的悲苦。

聂胜琼身为京都名妓,阅人多矣。她能如此真诚专一的对待李之问,可谓慧眼识人,终遂所愿。宋时像她这样的歌妓,从良而为士人妾的,实在不多。

吕渭老

吕渭老,一作滨老,字圣求,嘉兴(今浙江)人。宣和末年在朝廷做过小官。曾为徽、钦被掳北迁作忧国诗、伤痛诗、释愤诗,因而著名。有《圣求词》,刻画工丽，风格婉媚深秀。

好事近^①

　　飞雪过江来^②，船在赤栏桥侧^③。为报布帆无恙^④，着两行亲札^⑤。　　从今日日在南楼，发自此时白。一咏一觞谁共^⑥？负平生书册^⑦。

【注释】

　　①好事近：词牌名，双调，四十五字。又名《钓鱼船》、《翠圆枝》、《倚秋千》等。

　　②飞雪句：即冒着大雪渡过长江南来。

　　③赤栏桥：赤色栏杆的桥。古诗词中多用作泛指，这里疑是专名，地址不详。

　　④布帆无恙：即安全渡江，没有出事故。刘义庆《世说新语》载，顾长康写信给殷浩说："行人安稳，布帆无恙。"李白《秋下荆门》诗："霜落荆门江树空，布帆无恙挂秋风。"这里是借用此句。

　　⑤亲札：亲笔写的信。

　　⑥一咏一觞句：同谁一道吟诗喝酒呢？觞，酒杯。谁，这里指志同道合的朋友。王羲之《兰亭集序》："一觞一咏，亦足以畅叙幽情。"

⑦负平生书册：意思是国家危亡关头，自己无能为力，真是辜负了读了一辈子的书册。

【赏析】

这是一首抒情小词。写作者冒着漫天大雪渡过长江回到南方来，在赤栏桥边船刚停稳，就匆匆地给关心他的友人写封短信，报告自己安全过江的消息。下片接着说，自己从此将永远困居江南，寂寞忧愁，一日之间，头发一下白了许多。再也找不到志同道合的朋友来共同吟诗喝酒。在国家生死存亡关头，自己束手无策，无能为力，真是辜负了读一辈子的书。玩其词意，应是作者南渡后的作品。

这首词极简短，又无壮怀激烈之语，但行文流畅，感情极为真挚、深沉。特别是歇拍："一咏一觞谁共？负平生书册"二句，不仅表现了词人那世无知音、孤独凄凉的心情，而且词人那种忧国和忏悔自责的感情也充溢于字里行间。这是吕渭老的一首佳作。

胡　铨

　　胡铨（1102～1180），字邦衡，号澹庵，吉州庐陵（今江西吉安市）人。宋高宗朝进士，任枢密院编修官。绍兴八年（1138）秦桧再次入相，派王伦往金议和，激起朝野一片抗议。胡铨尤为愤慨，毅然上书宋高宗说："臣备自枢属，义不与桧等共戴天。区区之心，愿斩三人头（秦桧、王伦、孙近），竿之藁街……不然，臣有赴东海而死，宁能处小朝廷求活耶！"（《戊午上高宗封事》）秦桧等对此十分恐惧、恼怒，将胡铨贬为福州签判。后和议成功，秦桧等又旧事重提，诬胡铨妄言上书，将其除名，押赴新州（今广东新兴县）交地方官看管。后又改调吉阳军（今海南岛南部）。宋孝宗即位后，方得回朝任职，但仍坚持抗金主张。孝宗曾召集十四位朝臣征询和议意见，只有胡铨一人言不可议和。胡铨能文工词。词作不多。今有《澹庵文集》、《澹庵词》。

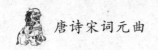

好事近

　　富贵本无心，何事故乡轻别？空使猿惊鹤怨①，误薛萝秋月②。　　囊锥刚要出头来，不道甚时节③。欲驾巾车归去④，有豺狼当辙⑤。

【注释】

　　①猿惊鹤怨：化用孔稚珪《北山移文》文意。南齐周颙本隐北山，后应诏出去做官，孔稚珪假托山灵及草

木禽兽对他进行责备，文中有这样句子："蕙帐空兮夜鹤怨，山人去兮晓猿惊。"这里是指山中猿鹤都怪怨主人离开它们去做官。

②薜萝：薜荔和女萝是两种野生灌木。（楚辞·山鬼）："若有人兮山之阿，披薜荔兮带女萝。"是说用薜荔和女萝做衣服、装束。这里借指隐士清幽的住处。

③囊锥句：借用毛遂自荐故事。《史记·平原君列传》载毛遂自荐事："平原君曰：'夫贤士之处世也，譬若锥之处囊中，其末立见（尖端立即显露）。今先生处胜之门下三年于此矣，左右未有所称诵，胜未有所闻，是先生无所有也。先生不能，先生留。'毛遂曰：'臣乃今日请处囊中耳。使遂早得处囊中，乃颖脱而出，非特其未见而已？'平原君竟与毛遂偕。"囊锥出头：即"脱颖而出"的意思。不道句：即不想想这是什么时势、什么世道。刚：这里作"硬"解。不道：有"不想"的意思，这二句是说自己学毛遂自荐，硬要出头逞能，也不好好想想这是什么世道。

④巾车：有帷幔的小车。陶渊明《归去来辞》："或命巾车。"

⑤豺狼当辙：即豺狼当道。语出《后汉书·张纲传》："豺狼当道，安问狐狸！"汉顺帝时，梁冀专权，

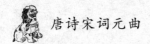

张纲斥其为豺狼当道。这里是喻秦桧等专权误国。

【赏析】

这首词是绍兴十八年（1148）胡铨贬居广东新兴时所作。词表现了胡铨对国事的深切忧愤，以及不畏权贵，绝不和投降派妥协的大无畏精神。词的上片是说自己本无心追求功名富贵，可是又为什么要轻易地离开故乡呢？连猿猴和白鹤都惊怪、埋怨自己不该离开它们出来做官，白白地耽误了山中那样悠闲的岁月。这是作者对自己轻易离家出来谋官表示自责和后悔，对家乡"薜萝秋月"表示无限怀念。词人这时作为"罪人"，远窜南荒，有这些想法是很自然的。但联系下片看，作者这样写，好像还另有所指，大有深意。

词的下片借毛遂自荐典故，抒发词人报国无门的愤慨。"囊锥"二句是说谁要你学毛遂自荐，硬要突出逞强，也不想想这是什么人掌权的时候？这显然是指十年前词人上书反对和议，要斩秦桧三人人头的那场斗争。到头来自己落得个无辜遭贬，现在想驾车回故乡山林隐居，可是路上有豺狼当道，想回也回不去了。这里词人已经在不点名地点名抨击秦桧等投降派。骂他们是专权误国、残害忠良的"豺狼"。其实，词的上片极写离家外出谋官的自责、悔恨，下片写欲归不得的苦恼，也都是表面文章，实质上是在谴责秦桧等奸臣把持朝政，忠臣良将英雄无用武之地，想出头也出不了。据宋人王明清《挥尘录·后录》卷十载："邦衡在新兴尝赋词（即《好事近》），郡守张棣缴上之，以谓讪谤。秦（桧）愈怒，移送吉阳军编管。"秦桧之所以"愈怒"，就是因为他也看出了这首词的矛头所指。朱熹对胡铨是大加赞赏。说胡铨是"好人才"，"如胡邦衡之类，是甚么样有气魄，做出那文字是甚豪壮！"（《朱熹语类》卷109）中国历来不乏敢于"为民请命"的硬骨头，胡铨就是其中的一位。

康与之

康与之，字伯可，号顺庵，滑州（今河南滑县）人。建炎初，上《中兴十策》，有名于时。后来为了做官，曾依附秦桧，为秦门下十客之一。秦桧死后，他被贬岭外。词多应制之作，粉饰太平，但音律严整，风格婉丽。词有《顺庵乐府》，今不传。有赵万里辑本。

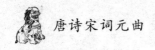

长相思

南高峰，北高峰①，一片湖光烟霭中。春来愁杀侬②！　　郎意浓，妾意浓③，油壁车轻郎马骢④，相逢九里松⑤。

【注释】

①南高峰：在杭州西湖的西南面。北高峰：在南高峰的北面。南北高峰合起来称为"双峰插云"，为西湖著名的景色之一。

②侬：我。

③妾：古代妇女对自己的称呼。

④油壁车：古代妇女出门坐的轻便车。车壁是油漆过的。骢：青白色的马。古乐府《苏小小歌》："妾乘油壁车，郎骑青骢马。何处结同心，西陵松柏下。"据说，苏小小为南齐钱塘名妓，常乘油壁车出游。一日，遇到骑青骢马的少年阮郁，两人一见倾心，苏小小就吟了这首诗，约他到西陵松柏下葱郁处来找她。这里借此典故，增强浪漫色彩，但并无暗示女方是娼的意思。

⑤九里松：唐、宋时在西湖西面通往灵隐寺的路上，种植了九里路的松树，故名。

【赏析】

　　这是一首民歌风味很浓的小调。词里的人物是一对情人。说的话是女子的口气。上片写春天来了，西湖优美的湖光山色打动了她的芳心，想起了自己的情郎，感到极度的苦闷难耐。下片回忆初次与情人相会。她乘油壁车出游，出人意外地遇上了他。是一幕喜剧。

　　康与之因谄事秦桧，为秦门下十客之一，为后人诟病。人品不好影响他的文品。他的词一般不列入名家之列，但也确有一些情韵悠长的作品。这首清新雅丽的小词，就是比较突出的一首词。

吴淑姬

　　吴淑姬，宋代有两个吴淑姬，　为北宋人，生平不详。黄昇《唐宋诸贤绝妙词选》录其词三首。一为南宋湖州人，即这首《长相思令》作者。王十朋守湖州时，她因被人告发有"奸情"，被定罪。存词一首。

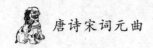

长相思令①

烟霏霏，雪霏霏②。雪向梅花枝上堆，春从何处回！醉眼开，睡眼开，疏影横斜安在哉③？从教塞管催④。

【注释】

①长相思令：即《长相思》。

②雪霏霏：《诗·小雅·采薇》："今我来思，雨雪霏霏。"霏霏，纷飞的样子。

③疏影横斜：化用林逋"疏影横斜水清浅"咏梅名句。

④塞管：羌笛。刘禹锡《杨柳枝》："塞北梅花羌笛吹。"

【赏析】

宋代有两个吴淑姬，皆能诗词。此词作者为南宋人。据洪迈《夷坚支志庚集》记载，她是湖州穷秀才之女，聪慧貌美，为富家子所霸占。王十朋任湖州知州时，她被人告发有"奸情"，被定罪判刑。衙中僚吏置酒席，命她脱去枷锁侍饮，并告诉她说："知汝能长短句，宜以一章自咏，当宛转白待制（王十朋）为汝解

脱，不然危矣。"淑姬请出题目。时值冬末雪消，春日
且至，遂命道此景作《长相思令》。又要"自咏"，又要
"道此景"，可谓是一道难题，怪题。但吴淑姬捉笔立
成，写成此词，且声情并茂。请看她是如何写的。

　　明明是"雪消"时节，词起首三句却偏说雪花纷
飞，而且向着梅花枝上"堆"。这是在凭空制造雪压梅
枝图，意在逼出下句："春从何处回"，意思是现在还没
有"春回大地"，暗喻自己蒙冤受屈，像雪压梅枝，抬
不起头来。咏"冬末雪消"，写出这样的句子，在座诸
公当然能领会她的这番弦外之音，言外之意。

　　下片紧承上片，是说自己被这场官司打击得晕头转
向。这里的"醉"和"睡"并不是指生活中"醉酒"和
"睡眠"，而是指自己被官司弄得昏头昏脑，终日像在醉
梦间一样。等到睁开"醉眼"、"睡眼"，那"疏影横斜"
的梅花美景已经不存在，意思是说案已成，自己再难表
明清白，只有任凭羌笛声把梅花催落，听天由命了。

　　词至此戛然而止，完成了"道此景"而"自咏"命
题。词写的婉转含蓄，不卑不亢，难怪"诸客赏叹，为
之尽欢。明日以告王公，言其冤，亟使释放"。尽管故
事的结尾比较圆满，但读此词，总感到吴淑姬先被富家
子霸占，后被傻吏们耍玩，命运是何其不幸啊！

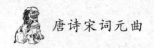

韩元吉

韩元吉（1118～1187），字无咎，号南涧，许昌（今河南许昌市）人。宋孝宗初年，做过吏部尚书。他主张恢复中原，但反对轻举妄动。与陆游、辛弃疾等人交往甚密，常以词相唱和，词作多悲怀家国。有词集《南涧诗余》。

霜天晓角①·题采石蛾眉亭②

倚天绝壁，直下江千尺③。天际两蛾凝黛④，愁与恨，几时极⑤？　　暮潮风正急，酒阑闻塞笛⑥。试问谪仙何处？青山外，远烟碧⑦。

【注释】

①霜天晓角：词牌名。双调，四十三字。又名《月当窗》、《踏月》。

②采石：即采石矶，在安徽当涂县西北牛渚山下，突出于江中，蛾眉亭建在绝壁上。它与南京的燕子矶、

岳阳的城陵矶合称为"三矶",历来为防守长江的要地。
《当涂县志》记载采石蛾眉亭的地形是:"据牛渚绝壁,
大江西来,天门两山(即东西梁山)对立,望之若蛾
眉然。"

③倚天:一作"倚空"。

④两蛾凝黛:这里是用美人的两道蛾眉来比喻长江
两岸对峙的东西梁山。因东西梁山隔江遥望,形似天
门,故又称天门山。黛:青黑色的颜料。古人常用它来
画眉,遂作为妇女眉毛的代称。

⑤愁与恨:古诗文常把美人蛾眉描绘成含愁凝恨的
样子。极:穷尽,消失。

⑥阑:尽。塞笛:边防军队里吹奏的笛声。采石矶
为当时抗金的边防重地。

⑦谪仙:指唐代大诗人李白。他初到长安时,贺知
章一见倾慕,称他为"请仙人"。他晚年住在当涂,传
说他在采石矶下,酒后泛舟,捉月而死。后人还筑亭纪
念。青山:在当涂县东南,山北麓有李白墓。

【赏析】

这是一首即景抒情之作。词以景语开头,以景语结
尾,中间穿插情语,寓以家国之感。开章二句极写牛渚
山、采石矶、蛾眉亭地理形势雄伟险峻。仰视只见峭壁

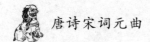

直插云天，俯察是悬崖千尺，直下江渚。接着三句是词人借景直接抒发自己渴望收复失地的思想感情。说隔江对峙的东西梁山也像人一样，因为中原沦陷，悲愤愁苦，紧锁眉头。词人不禁问两岸青山：你们这"愁与恨"什么时候才能消失呢？

这是词人思想感情的位移，把自己的感受赋予两岸青山，表达自己对收复失地的无限关心和忧虑。

下片是说傍晚，江潮汹涌，风鼓潮势，潮借风威。自己的醉意已被风吹得干干净净，耳畔不时传来边塞将士吹奏的凄凉的笛声。当涂本是祖国腹地，如今却成了抗敌的前线。面对此景此情，词人的万般感慨可想而知。最后三句，词人想起李白是很自然的事。这不仅因为李白晚年曾寄居当涂，死于当涂，采石矶一带至今仍有他许多遗迹和美丽的传说。更主要的是李白一生也是胸怀远大抱负，直到晚年他还要求请缨出征。可是始终不受重用，最后死于当涂，葬于青山之阿。韩元吉当时虽然身为吏部尚书，但在投降派专权的情况下，他与李白一样无法施展自己的远大抱负。"青山外，远烟碧"二句，除了表现词人对李白的崇敬、仰慕之情外，我们似乎还感受到词人那种壮志难酬的悲愤心情。

这首词写得比较婉转含蓄。元代吴师道认为在题咏采石蛾眉亭的词作中，没有一篇比得上这首词。许多词评家也都同意这一看法。

朱淑真

朱淑真，号幽栖居士，钱塘（今浙江杭州市）人，一说海宁（今属浙江）人，是我国古代少有的女诗人之一。她生活的时代一般定为南宋，也有认为是北宋。出生于仕宦之家。少女时期，性格开朗，曾有一段美好的恋情生活。后由父母主婚，一说嫁与一俗吏，另一说是嫁一商人。不管哪一种说法可信，有一点是共同的，即她所嫁非偶，婚后生活非常痛苦，长期独居母家，一生落落寡欢，抑郁而终。她工诗词，能画，通音律。其词

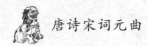

多为闺阁生活和相思离愁之作，风格轻柔婉丽，语淡情浓，形象鲜明。有《断肠集》、《断肠词》。

谒金门^①·春半

春已半，触目此情无限^②。十二栏干闲倚遍^③，愁来天不管。　　好是风和日暖，输与莺莺燕燕^④。满院落花帘不卷，断肠芳草远^⑤。

【注释】

①谒金门：唐教坊曲名，后用为词牌。上下片，四十五字。又名《空相忆》、《花自落》、《垂杨碧》等。

②此情：指因春半引起的愁情、相思之情。

③十二栏干：古乐府《西洲曲》："楼高望不见，尽日栏杆头。栏杆十二曲，垂手明如玉。"李商隐《碧城三首》之一："碧城十二曲栏干。"十二，表示极多。

④输与：比不上，还不如。莺莺燕燕：这里指莺、燕成双成对，反衬自己形影孤单。

⑤断肠：形容悲痛到极点。

【赏析】

这首词是写春愁闺怨的。首二句写对仲春景象的感受。"此情",指什么,词人没有说,也不便明说。但联系词人的生平和婚姻不幸来看,似指因春已过半,意中人久久不归,而引起的伤春伤别之情。春天总是与人的青春联系在一起的。对多情的女词人来说,更是如此。伤春,就是自伤;惜春,就是自惜。这种愁情,词人倚遍所有栏杆也无法排遣,最后只得发出"愁来天不管"的怨恨。词人少女时代就有自己意中人。可是她却不能违背"父母之命,媒妁之言",不得不嫁给一个庸俗之徒。对于她心中的悲苦,连至高无上的老天爷也不管不问。她还能去向谁诉说呢?"愁来天不管",是词人发自内心的与命运的一种抗争,更是对压抑女性的封建制度的抗议和控诉!

下片是进一步借景抒情。虽风和日暖,春光明媚,但这大好春光并不属于词人。词人身单影只,怎比得上那成双成对在天空中自由飞翔啼叫的黄莺和燕子。人不如鸟,这是何等的凄苦和残酷。结尾二句既照应首二句,又含蓄地点出愁怨的根源。落花满院,无心思打扫,珠帘低垂也懒得卷起。词人终日愁思断肠。这些都是因为什么呢?原来女词人所思念的人还在那芳草连天的远方,昼夜相思,不得相见,又怎能不"断肠"?这与李清照《点绛唇》"人何处,连天芳草,望断归来路"

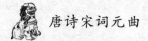

词意相似。李清照因思念丈夫，故敢直言"人何处"。朱淑真却是思念情人，有难以明言的苦衷，故只能含蓄地说"断肠芳草远"，任人去联想和回味了。

蝶恋花

楼外垂杨千万缕，欲系青春，少住春还去①。犹自风前飘柳絮②，随春且看归何处？　　绿满山川闻杜宇③，便做无情④，莫也愁人苦⑤。把酒送春春不语，黄昏却下潇潇雨⑥。

【注释】

①欲系青春二句：照词意应断句为"欲系青春少住，春还去。"少住：稍作停留。青春，即春天。

②犹自：还在。

③杜宇：杜鹃鸟。

④便做：即使。

⑤莫也：莫非也。

⑥潇潇：雨声。

【赏析】

这是一首很别致的惜春词。上片写对春天的眷恋之情，开篇三句意思是楼外万千柳丝迎风飞舞，似乎想把春天系住，可是春天稍作逗留，还是匆匆离去了。用"垂杨千万缕"来"系青春"，想象丰富，形象鲜明，生动地表达了词人对春光的爱惜。"犹自风前飘柳絮，随春且看归何处？"柳丝未能挽留住春天，那多情的柳絮依旧在风中飘舞，好像要尾随春天的脚步，探看一下春天到底要归向何处。这里词人分明是把自己的思想感情注入到无知的柳絮身上。这比起那简单地写"飞絮送春归"来，就显得更有迂曲的妙趣。

下片是送春。春深了。花落草长，满山遍野一片碧绿，不时传来杜鹃鸟凄厉的叫声。杜鹃虽然无情，尚知人因春天归去愁苦，而发出这声声同情的悲鸣。无可奈何，女词人只好举起酒杯送春归去。而春天则默默无语，不理不睬。此刻，时近黄昏，天空却下起了潇潇阵雨。"把酒送春春不语，黄昏却下潇潇雨"二句，写法同王灼《点绛唇》"试来把酒留春住，问春无语，帘卷西山雨"相似。但把暮雨与送春联系起来，意味更加深长。这雨与其说是自然界的雨滴，不如说是女词人送春归去那伤心的泪水。

这首词从垂柳系春、柳絮随春到主人公送春，写得层次分明，特别是拟人化写法，将"春"、"垂柳"塑造

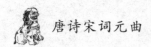

得颇通人性，很好地表现了词人"惜春"的情思。

袁去华

　　袁去华，字宣卿，奉新（今江西）人。绍兴十五年（1145）进士。曾知善化县，因反对郡守荒年向百姓征赋，贬为醴陵县丞，后知石首县。学识渊博，又善词赋，有表现壮烈情怀和报国无路的愤世之作。写离情别绪，哀伤凄婉。有《适斋类稿》、《袁宣卿词》。

水调歌头·定王台①

　　雄跨洞庭野，楚望古湘州②。何王台殿，危基百尺自西刘③。尚想霓旌千骑，依约入云歌吹，屈指几经秋。叹息繁华地，兴废两悠悠。　　登临处，乔木老，大江流。书生报国无地，空白九分头④。一夜寒生关塞，万里云埋陵阙⑤，耿耿恨难休⑥。徙倚霜风里⑦，落日伴人愁。

【注释】

　　①定王台：在今长沙市，相传为西汉景帝之子定王

刘发为望其母唐姬墓而筑，故名。

②楚望：楚之望地。形胜富庶的地区称"望"。湘州：东晋永嘉初置，唐初改潭州，这里指长沙。词中"楚望"、"湘州"是同位词，即是定王台雄踞于洞庭之滨，古来称为湘州的楚国繁华大地上。

③危基句：是说残存的定王台台基犹自嵯峨百尺，当年的雄伟壮观景象可想而知。西刘：指西汉时的定王刘发。

④空白九分头：化用陈与义《巴丘书事》"未必上流须鲁肃，腐儒空白九分头"诗句，表示请缨无路的悲愤。

⑤一夜二句：意谓金兵猝然南下，破关绝塞，有如一夜北风生寒，以致万里河山阴云翻滚，皇家陵阙被云雾埋没。古人以京都城阙和皇家陵墓是否完好，是国家存亡的象征。北宋京城汴京和君王陵墓均在北方，早已沦入金人之手，意味着国家败亡。

⑥耿耿：不安的样子。

⑦徙倚：走走停停。

【赏析】

在南宋政坛和词坛，袁去华都是个不太显眼的人物，正史里没有留下他的传记，连他的生卒年代也不可

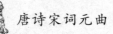

考。这首词可能是他任善化（县治在今长沙市）县令时所作。深秋时节，他登临定王台，感慨国事日非，书生报国无门，挥笔写下这首雄铄今古的爱国主义优美词篇。

词的上片，以今昔对比，感叹定王台的兴废，人世间的沧桑变化。开篇二句出语奇峻，大气包举，给全词笼罩一层苍莽的氛围。接着由眼前故基台殿的巍峨耸立，写到想象中的昔日定王台的繁盛景象。"屈指几经秋"，将当年盛况一笔化为过眼云烟。最后二句，遂翻出无穷感慨。繁华难久，兴废无常。这既是对定王台而发，也是对腐败的南宋王朝而发。借古伤今，婉转含蓄。

下片融景于情，直抒胸臆。首三句从侧面渲染定王台的衰败景象，暗示南宋王朝的残破衰朽。接着"书生"二句，直抒情怀，自己空有报国壮志，却无法施展，蹉跎岁月，徒然白首。词人早年就有志抗金复国，只因昏庸的南宋朝廷一味苟且偷安，屈辱求和，再加上权奸当道，词人是报国欲死无战场。这是词人个人的悲哀，更是时代的悲哀。"一夜"三句，写金人猝然大举入侵，中原大地和京都汴京及皇家陵墓统统落入敌手，北宋灭亡。词人对这国仇家恨，奇耻大辱，耿耿于怀，悲愤填膺，久久不能平息。歇拍二句，写面对山河破碎，词人报国无门。他徘徊在萧瑟的秋风里，惟有落日陪伴着他发愁。全词最后才点出一个"愁"字，这并不简单地表示消极、颓丧，而是痛洒英雄之泪，慷慨生哀的意思。

　　这首词意境开阔雄浑，音调苍凉悲壮，以雄健之笔写沉郁之怀，令人感慨无端。据陈振孙《直斋书录解题》记载，爱国词人张孝祥对此词大为称赏，引为同调，并"为书之"。

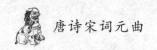

蜀妓

蜀妓，姓氏及生平不详。陆游门客自蜀携归。存词一首。

鹊桥仙

说盟说誓，说情说意，动便春愁满纸。多应念得脱空经①，是那个先生教底？　　不茶不饭，不言不语，一味供他憔悴②。相思已是不曾闲，又那得功夫咒你。

【注释】

①脱空经：扯谎经。脱空，指说话不老实，弄虚作假。吕本中《东莱紫微师友杂记》："刘器之尝论至诚之道，凡事据实而言，才涉诈伪，后来忘了前话，便是脱空。"这是宋人俗语。

②供他：即为他。

【赏析】

据周密《齐东野语》载，陆游的一位门客，从蜀地携回一妓，安排在外室居住，每隔数日去一次。客偶因病少去，妓疑心。客作词解释，妓和了这首至爱情深的词作答。

上片首三句是针对门客向她解释的词的内容而发的。故以怨怒口气，讽刺门客"说盟说誓"等语，是甜言蜜语，虚情假意，满纸谎言。"动便"二字，更狠戳一下，这是他的惯技。其实，此时蜀妓的心头疑团已释，她说这些讽刺挖苦的话，只不过想刺激刺激门客，并非真恨真怨，相反，倒是她深爱门客并怕失去他的一种心理表现。接着二句说，门客的盟誓之词多半是骗人的扯谎经，不可轻信，但不知是哪一位先生教你的？伴嗔带笑，以十分俏皮的口气出之。一位聪明、多情的女子活灵活现地站到读者面前。

下片是说自己相思之苦。相思折磨得自己茶不思，饭不想，不言不语，终日为他痛苦憔悴，连爱还来不及，哪还有时间去恨他，骂他。这里连用四个"不"字，同上片连用四个"说"字一样，都是为了加重语气。由此可见，，她对门客是多么的痴情。"易求无价宝，难得有情郎"。妓女，历来被人轻视。一旦遇上知心人，又是多么害怕得而复失。蜀妓对门客那种又嗔又怨、又爱又痴的心情是很有典型意义的。

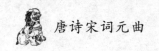

杨万里

　　杨万里（1124～1206），字廷秀，号诚斋，吉水（今江西吉安）人，是南宋著名诗人。他做过四朝的官，主张抗金，有民族气节。从他宁愿弃官不做，也不肯为权臣韩侂胄写《南园记》一事，足可看出他的为人。他的诗不堆砌古典，语言平易自然，时称"诚斋体"。他的词数量不多，风格清新活泼，和诗有相似的地方。有《诚斋乐府》传世。

好事近

　　月未到诚斋①，先到万花川谷②。不是诚斋无月，隔一庭修竹③。　　如今才是十三夜，月色已如玉。未是秋光奇绝④，看十五十六。

【注释】

　　①诚斋：作者自名他在江西吉水的书房为诚斋。据《宋史·杨万里传》记载：杨万里调永州零陵丞。时张

浚谪永，杜门谢客，万里三往不得见，以书力请，始见之。浚勉以正心诚意之学，万里服其教终身，乃名读书之室曰"诚斋"。

②万花川谷：作者自名其园林，离诚斋不远，花木多，正如其《万花川谷》诗所道："无数花枝略说些，万花两字即非夸。东山西畔南溪北，没尽溪山只是花。"

③修竹：长竹。

④未是：还不是。

【赏析】

读诗赏词犹如饮茶，先觉其苦，慢慢回味方感知它的香甜。这样的诗词，算是好诗词。如果一首诗像糖一样，使人始觉其甜，经过细细咀嚼，变得又酸、又苦，那就不能算是好诗了。

读杨万里这首词就有一种饮茶的感觉。初读，觉得它并无奇特之处，亦无艳丽之词。词为咏月，而全篇仅一句写月，而且用的还是"如玉"这个老掉牙的比喻。但反复吟诵全词，又觉得它韵味很浓。词首句"月未到诚斋"，令人一怔，写月而不见月，为若何？紧接一句"先到万花川谷"，这又为何？同在月光下，为什么月光朗照万花川谷，而没有照到诚斋，难道月光也有偏爱？词一开始就这样巧设悬念，逗人猜想。"不是诚斋无月，

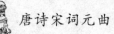

隔一庭修竹"。巧妙地解开悬念，不是诚斋没有清朗的月光，是因为隔着满院修长的翠竹，使月光不能直透到书斋来。上片四句无一字直接写月，但却使人处处觉得月的姣媚。同样的月光，万花川谷的朗照，一庭修竹的疏淡，诚斋浓阴下的幽明，将同样月色，写出多种情态，可谓独具匠心。

下片是赞美万花川谷月色美好。首二句是说今天才是十三日的夜晚，月色已经如此皎洁如玉了。"才"、"已"二字流露出词人对美好月色的惊喜之情。接着词人宕开一笔，"未是秋光奇绝，看十五十六"。又推出一个令人神往的境界。现在还不是秋月最美好的时候，等到十五十六那月色将更加令人倾倒。这就将刚刚满足的赏月之心又引向新的追求与期待。十三夜月色是实写，十五十六月色是虚写。究竟十五十六月色如何好法，作者没有写，写也是白写。因为不管你用多么优美的字眼来形容，也比不上读者想象中的月色。所以还是不写好，笔到而意无穷，留待读者自己去想象。

万花川谷和诚斋是作者晚年憩心游赏之所。这首词是咏月，字里行间却洋溢着词人对生活的热爱和向往。人届暮年毫无迟暮之感，更无悲秋之意，这种积极的乐观情调是很可宝贵的。

王 炎

王炎（1138～1218），字晦叔，号双溪，婺源（今江西）人。乾道五年（1169）进士。累官至军器少监，中奉大夫，封婺源县令。因他做过知县等下级官员，其部分词作写到农民生活和农业生产。这在宋词并不多见。有《双溪诗余》。

南柯子

山冥云阴重①，天寒雨意浓。数枝幽艳湿啼红②。莫为惜花惆怅，对东风。　蓑笠朝朝出，沟塍处处

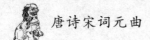
通③。人间辛苦是三农④。要得一犁水足，望年丰⑤。

【注释】

①山冥句：山色昏暗，阴云密布。冥，昏暗。

②啼红：花朵上水气凝成水珠，就像少女眼里含着泪珠。

③蓑笠二句：戴着蓑笠的农民，天天清晨出去，走遍田间沟渠和小路。塍：田间地界，田埂，小路。

④三农：指春耕、夏种、秋收。这是一年中农民最辛苦最繁忙的三个季节。

⑤要得二句：盼望下足雨好犁田，有一个丰收的年成。

【赏析】

宋代有两个王炎，均有词作传世。此词作者字晦叔，婺源（今江西）人。这是一首咏叹农民劳动生活的词，字里行间流露出对农民的关心与同情，值得珍视。

词的上片以景语起头。彤云密布，山色昏暗，气温骤降，寒意袭人，雨意浓密。鲜艳的花儿也呈现出暗淡的色彩，雾气凝聚成的水珠，在花瓣间滚动，就像少女眼中闪动着的泪滴。"数枝幽艳湿啼红"，写花在雨意浓阴中的色泽神态，非常生动、形象，赋予静态的花以生命的活力，没有认真观察，是写不出这样优美词句的。

接下来二句笔锋一转，奉劝文人墨客勿以惜花为念，临风伤感，惆怅满怀，作无病呻吟。这里流露作者对此类文人一点不满情绪。

下片着力描绘农民在田间生产劳动的情景。他们一年到头，不避风吹雨打，日出而作，日落而息。他们的足迹踏遍田间的沟渠和小路。春耕、夏种、秋收是他们最辛苦、最繁忙的季节。他们盼望的是雨水充足，好开犁耕作，有一个风调雨顺的丰收年成。至于赏花、怜花、惜花，农民们既无此余暇时间，也没有这种闲情逸致。这里农民盼"一犁水足"与士大夫临风惆怅形成鲜明对照。它说明即使是自然气候的一点点变化，不同阶层的人们感受也是很不相同的。

石孝友

石孝友，字次仲，南昌（今江西）人。乾道二年（1166）进士。以词名世。有《金谷遗音》。

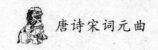

眼儿媚

愁云淡淡雨萧萧，暮暮复朝朝。别来应是，眉峰翠减，腕玉香销。　　小轩独坐相思处①，情绪好无聊。一丛萱草②，数竿修竹③，几叶芭蕉。

【注释】

①小轩：这里是指小窗户。

②萱草：又名谖草，谖同萱。古人以为此草可以忘忧。《诗》毛传："谖草令人忘忧。"嵇康《养生论》："合欢蠲忿，萱草忘忧，愚智所共知也。"

③修竹：杜甫《佳人》诗："天寒翠袖薄，日暮倚修竹。"这里言只见翠竹，不见佳人。芭蕉：李商隐《代赠》诗"芭蕉不展丁香结，同向春风各自愁。"以芭蕉、丁香各为一方，共向春风愁苦。这句虽无丁香，实际已含丁香。意谓我在这里愁苦，所思之人也一定相思痛苦。

【赏析】

这是一首思念情人的小词，在抒情手法上很有特色。上片写忆念，情缘境生。首二句渲染气氛，烘托情绪，表现词人愁绪与愁云、心声与雨声相交织。风雨不断，愁思无穷。接下来词人没有顺写自己相思之苦，而是悬想情人必陷相思离别的万般折磨中，以至"眉峰翠减，腕玉香销"。这样借人映己，更见相思之深和对对方的体贴关切之情。

下片写旅愁，着笔于自己，以景结情。首二句直言客旅愁怀。独坐小轩，相思惆怅，百无聊赖。究竟何等"无聊"，却未说明。紧接三句，罗列出小轩外"萱草"、"修竹"、"芭蕉"三种物象，一句一景，显然并非信手拈来，而是含有深意。萱草又名忘忧草。"一丛萱草"，这里意谓面对萱草难以忘忧。"修竹"，古诗词中常与美人联系在一起。杜甫《佳人》诗中有"天寒翠袖薄，日暮倚修竹"之句。此处的"数竿修竹"，就含有只见"修竹"不见美人的意思。李商隐《代赠》诗有"芭蕉不展丁香结，同向春风各自愁"名句，以芭蕉、丁香各为一方，同向春风愁苦。这里的"几叶芭蕉"，是暗用李诗诗意，虽未言丁香，有包括丁香意思在。意谓我这里相思痛苦，她那里也一定愁肠百结吧！这样理解，可见这三个物象并非一般的物象，而是蕴藏着丰富的思想内涵。只不过不是直述明说，而"据事以类义，援古以证今"（《文心雕龙》）。这种方法需要一定的文学修养和

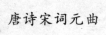

生活经验，触类旁通，用得好会获得更深刻的感受。

赵师侠

赵师侠，一作师使，字介之，燕王德昭后裔，新淦（今江西）人。淳熙二年（1175）进士，长期浮沉于州县下僚，宦迹及于湘、赣、闽中一带。与叶梦得、徐俯等有交往。有《坦庵长短句》。尹觉《坦庵词序》称他"模写风景，体物状态，俱极精巧。"

谒金门·耽岗迓陆尉①

沙畔路，记得旧时行处。蔼蔼疏烟迷远树②，野航横不渡③。　　竹里疏花梅吐，照眼一川鸥鹭。家在清江江上住④，水流愁不去。

【注释】

①耽岗：地名。在今江西吉安城南，下临赣江。迓：迎。陆尉：陆姓县尉。

②蔼蔼：同霭霭，云雾密集的样子。

③野航句：化用唐韦应物《滁州西涧》"春潮带雨晚来急，野渡无人舟自横"诗意。

④家在清江句：词人家居清江，其《浣溪沙》词云："清江江上是吾家"。清江：江西沅江与赣江合流处。

【赏析】

作者是燕王德昭七世孙，志趣雅洁，无意仕途。这首词是他客居吉州时所作。浓浓的乡愁，却以清淡的笔墨出之，韵味深长。

词从江边沙路写起。傍晚，词人去迎接陆姓县尉。他可能是乘船来，还未到。词人便信步江边沙滩小路。走着，走着，眼前似曾熟悉的景物，不由勾起词人的美好记忆：这多么像旧时家乡的风光啊，江畔沙滩小路，淡烟密雾，笼罩着远树，荒野渡口，一片冷清，小船寂寞地横飘在江面上。"记得"三句，在这里既是忆旧，也是写眼前景物。词人在触景生情，字里行间流露出愁怀思归的感情。也有人不同意这种解释，认为"记得旧时行处"，应理解为记得当年曾走过这里，不是指对家乡小路的回忆。这样理解当然也通，但诗意就淡多了。此处关键是"旧时行处"，究竟指哪里，是眼前小路，还是家乡小路？其实，只要我们细玩词意，联系下片

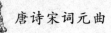

"家在清江江上住"句，就会领悟到，原来这里的"旧时行处"指的是词人的家乡，即眼前所见景物多像他喜爱的家乡风光。这样词人在写景中已寄寓着浓浓的乡愁。

下片换头继续写景。词人继续徐行，只见岸边翠竹丛中，红梅吐蕾；大江之上，鸥鹭翔集，耀人眼目。竹翠梅红，江清鸥白，色彩鲜明，词人不觉眼前一亮，心头一颤，眼前滚滚东流的赣江正与故乡清江相通，一股思乡愁意猛烈地向词人袭来："水流愁不去"，江水流去了，却未能载走我的乡愁。至全词歇拍处，才轻轻一折，跳出一个"愁"字，点明全词主旨。虽淡淡一缕，却越化越浓。再回头细细咀嚼，原来前面貌似轻快、喜悦的描写背后，已潜藏着浓浓的乡愁。

毛晋在《坦庵词跋》中评价赵师侠词是"能作浅淡语"。从这首词看，他确是一位善于在"淡语"中寄寓深情的高手。

杨炎正

杨炎正（1145～?），字济翁，杨万里族弟，庐陵

（今江西）人，五十二岁始中进士，曾任大理司直，知藤州、琼州。与辛弃疾等人交游，唱和甚密。其词俊逸可喜，不作妖艳情态。有《西樵语业》。

水调歌头

把酒对斜日，无语问西风①。胭脂何事？都做颜色染芙蓉。放眼暮江千顷，中有离愁万斛，无处落征鸿②。天在阑干角③，人倚醉醒中。　　千万里，江南北，浙西东。吾生如寄，尚想三径菊花丛④。谁是中州豪杰⑤，借我五湖舟楫，去作钓鱼翁⑥。故国且回首，此意莫匆匆。

【注释】

①无语问西风：意谓所问出之于心而不宣之于口，即心中暗暗问西风。也有解作问无语之西风，认为是倒装句。

②无处句：意谓离愁满江，连飞鸿立足栖息的地方都没有。

③天在阑干角：意思是抬头望，天似在栏杆一角之上，压得人透不过气来。

④尚想三径句：想归隐田园。三径：汉代蒋诩隐居

时，门前竹下开辟三条小路，只与求仲、羊仲往来。后遂以"三径"作为隐居代称。陶渊明《归去来辞》也说："三径就荒，松菊犹存。"

⑤中州：黄河中下游地区。

⑥五湖：这里指太湖。此二句用范蠡功成隐退事。

【赏析】

这是一首秋日感怀的词。上片写景，融情入景，抒发怀才不遇、壮志难酬愁思。起首四句，写词人面对斜阳，把酒临风，突发奇问：因为何事，胭脂都被做成颜色染红了荷花？这一问，虽问得无理，更可见出词人内心的苦闷。因为人在心情烦躁时，一切美景都会引起反感。正像伤春的人，怨怪花开鸟啼一样。接下三句极尽夸张，把无边江水看作是万斛离愁，连飞来的鸿雁都没有落脚的地方。以"万斛"言离愁可量，量而无尽，使抽象之愁，化为形象具体之物，比喻生动、贴切。紧接"天在"二句，是说举首望天，天好像就低垂在栏杆的一角之上，压抑得人喘不过气来。而人呢？斜倚着栏杆，好像是喝醉了，又似乎醒着。至于人为何这般？留给下片解答。

下片写情。换头连用三句，写祖国山河的壮丽辽阔。"吾生"二句笔势一转，仿佛这广阔天地，自己却难以寄身，于是产生了归隐的念头。"谁是"三句，笔锋再一转，谁是能够驱除金人、保障国土安宁的英雄豪杰呢？能让我遨游江潮任情垂钓。由问句领起，是希望，也是失望。盼望有"豪杰"出现，也可见出词人并非一味地不问世事。这就很自然地过渡到结拍二句的点睛之笔：让我再回首看看多灾多难的故国，在祖国风雨飘摇的时候，我怎么能就这样匆匆地去隐居呢！这种归隐有心，回首故国，转以踌躇，以归隐与报国的矛盾作结，不仅笔墨奇特，更可见出词人那种立志报效国家的拳拳之心，以及敦厚、忠悃的性情。

崔与之

崔与之（1158～1239），字正之，广州人。绍熙四年（1193）进士。累官秘书监、出知成都府兼本路安抚

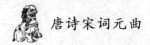

使，拜参知政事、右丞相，皆力辞。是南宋名臣。开创以"雅健"为宗的岭南词风，被称为"粤词之祖"。有诗文集。存词甚少。

水调歌头·题剑阁①

万里云间戍，立马剑门关②。乱山极目无际，直北是长安③。人苦百年涂炭，鬼哭三边锋镝，天道久应还④。手写留屯奏⑤，炯炯寸，心丹。　　对青灯，搔白首，漏声残。老来勋业未就，妨却一身闲⑥。蒲涧清泉白石⑦，梅岭绿阴青子⑧，怪我旧盟寒⑨。烽火平安夜，归梦绕家山⑩。

【注释】

①题剑阁：一作"帅蜀作"。

②剑门关：川陕间重要关隘，历来为兵争之地。

③直北是长安：语本杜甫《小寒食舟中作》"云白山青万余里，愁看直北是长安。"长安为汉唐旧都，在剑阁北面，早陷入金人之手。此句既是实指，又是借指北宋京都汴京。

④天道句：意思是天道好还，否极泰来，苦难的日子该结束了。

⑤手写句：亲自写奏章，要求留在四川屯守御金。

⑥老来二句：意思是失地尚未收复，金人还未赶走，词人原打算功成身退，归老田园的愿望落空了。勋业，这里非指一般功名，而是指抗金复国的大业。

⑦蒲涧：在广州白云山上，其水清甜。词人曾隐居于此。蒲涧清泉，为宋代羊城八景之一。

⑧梅岭：大庚岭，在江西、广东交界处。岭上多梅，故称梅岭。

⑨旧盟寒：负约之意。

⑩烽火二句：意思是时时刻刻都在思念故乡，每当战事稍宁的平安夜，我的梦魂就回到了故乡。

【赏析】

崔与之是南宋名臣。他开创的以"雅健"为宗的词风，对后世岭南词人影响很大。宁宗嘉定十二年至十五年（1219～1222），他出知成都府兼本路安抚使。这时淮河、秦岭以北大片国土已沦陷金人之手。他立马剑阁，北望中原，不禁感慨万千，写下这首苍凉悲愤词。

词的上片写词人决心自请屯守御敌，以身许国的耿耿丹心。词人立马剑门关，居高临下，北望中原，乱山无际，故都何在？"直北是长安"，看似轻轻道出，实蕴含着词人故国不堪回首的深沉悲哀。"人苦"二句，概括金人入侵给人民带来的深重灾难。"天道久应还"五字掷地有声，天道好还，否极泰来，苦难的岁月该结束了。表明词人对收复失地充满信心。并表示要亲写奏章，要求留下守边御金。"手写"二句，豪情满纸，充分表现出词人勇赴国难的一片丹心。

下片写老来功业无成的感慨。面对荧荧青灯，不住地搔着稀疏的白发，夜漏将尽，天快亮了。想到自己老来勋业未就，金人未灭，失地未收，原准备功成身退，归隐田园的愿望只好落空了，不禁无限感慨。仿佛白云山上蒲涧的清泉白石，梅岭上的青青梅子，都在责怪他背负归隐田园的旧约。词人内心感到矛盾和委屈。在这金人未灭，烽火未熄之时，我怎能离开抗敌前线、回归故乡呢？其实我时时刻刻都在思念故乡，每当战事稍息的平安夜，我的梦魂就回到了日夜思念的故乡。歇拍"烽火平安夜，归梦绕家山"二句，把词人那种思家情深，报国意切的复杂心理表现得淋漓尽致。是深情语，也是悲壮语。全词字里行间充满家国之思，风格豪迈，属辛弃疾、陈亮一派。

汪　莘

　　汪莘（1155～?），字叔耕，休宁（今安徽）人。早年屏居黄山，精研《周易》，旁及释、老。嘉定中，曾三次诣阙上封事，均未果。后筑室于柳溪，自号方壶居士，终身布衣。诗词风格秀逸，有清丽之美。有《方壶存稿》、《方壶词》。

沁园春·忆黄山①

　　三十六峰，三十六溪，长锁清秋②。对孤峰绝顶，云烟竞秀；悬崖峭壁，瀑布争流。洞里桃花③，仙家芝草④，雪后春正取次游⑤。亲曾见，是龙潭白昼，海涌潮头⑥。　　当年黄帝浮丘⑦，有玉枕玉床还在不？向天都月夜⑧，遥闻风管⑨；翠微霜晓，仰盼龙楼⑩。砂穴长红，丹炉已冷，安得灵方闻早修⑪？谁知此，问源头白鹿⑫，水畔青牛⑬。

【注释】

　　①黄山：是驰名中外的名山，地处皖南山区。本名

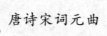

黟山，相传为黄帝栖真飞升之地，故唐代改名黄山。奇松、怪石、云海、温泉，被誉为黄山四绝。

②三十六峰：黄山有天都、莲花等三十六大峰，玉屏、始信等三十六小峰，或横绝天表，或清秀隽美。这里言三十六峰，是概略之数，并非实数。三十六溪：黄山溪流繁多，诸如白云、丹霞、青牛等溪。这里的三十六溪，亦非实数。作者在另一首词中曾有"仙峰六六，仙溪六六，三十六峰云嶂，三十六溪烟水"之句。长锁清秋：黄山地处皖南山区，百千峭峰，古树蔽日，虽盛夏犹如凉爽秋天。

③洞里桃花：相传黄山炼丹峰的炼丹洞里有二桃，毛白色异，为仙家之物。又有石花形似桃花。

④仙家芝草：指服之可以成仙的灵芝草。相传黄山轩辕峰为黄帝采芝处。今峰下有采芝源。

⑤雪后句：意思是初春正月，诗人不顾严寒，雪后天晴便进入黄山寻幽探奇。

⑥龙潭：白龙潭，在桃花溪上游，白云溪白龙桥下。在那里，白云溪受众壑之水，泻入白龙潭。每当大雨倾盆，潭中之水响声如雷，汹涌腾跃，白浪蹴空，有如"海涌潮头"。

⑦黄帝浮丘：相传在远古时代，浮丘公曾来黄山炼

丹峰炼得仙丹八粒，黄帝服其七粒，然后同浮丘公一起飞升而去。至今炼丹峰上，浮丘公的炼丹炉、灶穴、药杵、药臼仍依稀可见。峰下还有炼丹源、洗药溪。

⑧天都：即黄山主峰之一天都峰，高度虽略低于莲花峰和光明顶，但它气势磅礴，耸天拔地，雄冠群山，因被称为天帝神都，故名"天都"。潘耒《天都峰》云："群山自言尊，对之失气象。譬如见真人，群雄自头抢。"写的就是天都峰的尊严高大。

⑨凤管：即凤箫。相传春秋时有萧史善吹箫，秦穆公以女弄玉妻之。萧史教弄玉吹箫作凤鸣，引凤来归，后二人俱乘凤而去，这里是由望仙峰传说推想而来。相传黄帝与浮丘公由黄山望仙峰飞升时，彩云中遥闻有弦歌之声，故有望仙峰的名称。峰下之溪也因此得名为弦歌溪。

⑩翠微二句：翠微，即翠微峰，位于黄山后海，为三十六大峰之一。山上古木森森，翠竹遍地，苍葱可爱，故名翠微。峰下有翠微寺，为唐代麻衣禅师道场。相传他曾飞锡穿穴而得神泉。龙楼：俗称为蜃楼，是由大气折射而产生的一种空中幻影。古人以蜃属蛟龙一类动物，能呼气作楼台城郭之状，故称为蜃楼、龙楼。因多见于海上，故又称海市蜃楼。这种大自然的奇观，黄

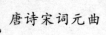

山难得一见，故词人天刚拂晓，就翘首仰盼。

⑪砂穴三句：意思是浮丘公炼丹砂的石穴之色依然长红，可丹炉火尽，早已冷却，又怎能得到仙丹妙药，赶早修炼成仙呢？闻早，趁早，赶早。闻，趁。

⑫白鹿：相传当年浮丘公曾在黄山石人峰下驾鹤驯鹿，留下驾鹤洞、白鹿源遗迹。

⑬青牛：相传翠微寺左边溪畔有一牛，形质与众不同，遍体青色。一位樵夫想把它牵回家去，忽然青牛入水，渺无踪迹。后来这条溪便被称青牛溪。

【赏析】

黄山，天下名山。本名黟山，因传是黄帝与浮丘公栖真飞升之地，唐时改名为黄山。黄山四绝：奇松、怪石、云海、温泉，驰誉中外。向有黄山归来不看岳之说。写黄山的作品历来不多，精彩的更少。汪莘这首词是难得的珍品。黄山的宏丽壮美景色，不上黄山是领略不到的。正如明人程敏政在《黄山游记》中所说："黄山之为景也，非太白之句不能当其胜，非摩诘之图不能尽其变。"

汪莘此词之妙，在于想象丰富，以生花之笔，现万千之景，仿佛在读者面前敞开一座神界仙山，令人心旷神怡，美不胜收。词的上片写黄山千峰竞秀，万壑争流

的奇丽风光。开篇
"三十六峰"三句先作
总的介绍。百千峭峰，
云遮雾障，古木森森，
溪流潺潺，景色清幽，
长年凉爽如秋。"锁"
字，则点出清秋常在
之意。接下句以"对"
字领起，分写孤峰云
烟，悬挂瀑布的山水
景观。其中"孤峰绝
顶"与"悬崖峭壁"，
"云烟竞秀"与"瀑布
争流"，均为隔句对。

而"孤峰绝顶"和"悬崖峭壁"又是句中对。"洞里桃
花"二句，点出黄山非同凡山，深山灵秀，强烈地吸引
着词人去探寻。更令人神骇心惊的是白龙潭水如万鼓雷
鸣，白浪蹴空的壮观景象。"亲曾见"，强调亲眼所见，
并非耳闻。

下片写黄山神奇之美。"当年"二句，点明追叙，
好像黄帝、浮丘公当年真的在黄山栖隐过。接下"天

都"四句，以"向"字领起，也都是工巧的隔句对。天都峰、翠微峰，都是黄山三十六大峰之一。月夜天都峰，清光流泻，山幽峰秀，远处似闻有凤箫之声，好像黄帝驾着彩云要降临天都峰了。黄山的夜晚是美妙的，黄山的清晨也是很美的。当翠微峰霜天拂晓，曙光初现之际，词人就翘首望天，企盼一睹山中奇观海市蜃楼。黄山是神奇的，虽仙洞灵宅遗迹犹存，可远非昔日风貌。炼丹砂石穴之色，依然长红，但丹炉火尽，早已冷却，又怎能得到仙方灵丹，早日修炼成仙呢？这谜一样的事情，无人能答，那只有去问问源头的白鹿和水畔的青牛，因为它们当年曾经浮丘公驯养和点化过，应该知道些仙家的故事。全词以白鹿、青牛收尾，以拟问语出之，意味无穷，使黄山再添一层神秘的色彩。

孔子云："知者乐水，仁者乐山"。这首词，作者饱含着对黄山的热爱之情，大笔挥洒，将真山真水和神话传说融为一炉，虚实相映，妙趣横生，令人神往。读来自有一种美的享受。

钱惟演

　　钱惟演（962～1037），字希圣，吴越忠懿王俶之子，从父归宋，为右屯卫将军。后召试改文职，累迁同中书门下平章事（宰相），后坐擅议宗庙等事罢相，以崇信军节度使归本镇。他是北宋“西昆”诗人领袖之一。文辞清丽，于书无所不读。著有《黄懿集》三十卷，及《金坡遗事》。

玉楼春

　　城上风光莺语乱，城下烟波春拍岸。绿杨芳草几时休？泪眼愁肠先已断。　　情怀渐觉成衰晚，鸾镜朱颜惊暗换。昔年多病厌芳尊^①，今日芳尊惟恐浅。

【注释】

　　①芳尊：酒杯。

【赏析】

　　这首词是作者临死前不久之作。作者一生仕宦显达，晚年遭贬，自感人生之旅将尽，借触景伤春以及迟暮萧索之感，写人生失落的哀伤。"城上风光"本无限，词人仅以"莺语乱"实之，"乱"字道出作者心绪的杂乱。"春拍岸"造意尖新，境界优美而壮阔，含无限遐思。上片由景入情，下片直抒愁怀。"情怀渐觉"、"衰晚"，着一"渐"字，画出时间的推移催老世人的历程，这里有对人世变故、生活受挫的暗示。接下，作者以惊异地发现镜中"朱颜"已"暗换"成苍老憔悴，进一步申说"衰晚"之感。多愁又多病，艰难苦况可以想见。"今日"虽仍有病，可愁比病更甚，因而不顾病情而痛饮狂醉，欲借酒浇愁，将全词愁绪推到高潮。

全词采用由景而情层层推进的手法，写尽伤春嗟老、病愁潦倒的悲苦，凄惋哀绝，情真意挚。

王沂孙

王沂孙（1230～1289），字圣与，号碧山、中仙，会稽（今浙江绍兴）人。因家住玉笥山（即天柱山）下，故又号玉笥山人，能文工司。宋亡后，与周密、张炎等人结社唱和。元初，曾一度任庆元路（治所在今浙江鄞县，）学正。其词多咏物之作，寄寓故国之思、身世之感。风格纤徐婉曲。语言工丽，但有词意隐晦之病。有《碧山乐府》，一名《花外集》，收词六十余首。

眉妩·新月

渐新痕悬柳①，淡彩穿花②，依约破初暝③。便有团圆意④，深深拜，相逢谁在香径⑤？画眉未稳，料素娥、犹带离恨⑥。最堪爱，一曲银钩小，宝帘挂秋冷⑦。

千古盈亏休问，叹慢磨玉斧，难补金镜⑧。太液池犹在，

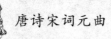

凄凉处、何人重赋清景⑨？故山夜永，试待他、窥户端正⑩。看云外山河，还老尽、桂花影⑪。

【注释】

①新痕：指初升的弯月。 悬柳：悬挂在柳梢。

②淡彩：淡淡的月色。

③依约破初暝：仿佛划破了初夜昏黑的夜空。依约：仿佛。初暝：初夜。

④团圆意：团圆的迹象。

⑤拜：指拜新月。古代妇女有拜新月的风俗。 看径：鲜花飘香的小路。

⑥未稳：未妥、未完。 素娥：嫦娥。陈叔宝《有所思》诗三首之一："初月似愁眉。"这两句比喻新月像没有画好的眉毛，这是月里嫦娥表示她的离恨（古代文人常以缺月象征离别）。

⑦银钩：银白色的帘钩。把新月比作帘钩。 宝帘：精美的窗帘。以上两句写夜空无垠，秋气清寒，天如帘幕，月如银钩，仿佛高挂宝帘。

⑧慢磨：细磨。 金镜：指月亮。这两句是以缺月难补比喻山河残破，难以恢复。

⑨太液池：汉唐皇宫内水池名。这里借指宋朝的宫苑池沼历代皇帝都在此赏月。陈师道《后山诗话》载，

宋太祖赵匡胤于后池赏新月，学士卢多逊应制赋诗：
"太液池边看月时，好风吹动万年枝。谁家玉匣开新镜，
露出清光些子儿。"这三句暗用其事，感叹国势衰微，
北宋盛时难以重现。　清景：清平盛事。

⑩故山：指故国的河山。　永：长。　窥户：拟人
化地描写月光照进窗户。　端正：指圆月。韩愈《和崔
舍人咏月二十韵》诗："三秋端正月，今夜出东溟。"这
三句说，在长夜中的故国河山，正期待着圆月的照射。

⑪云外山河：辽阔的河山，指沦陷地区。　桂花
影：即月影。这两句是感叹月色虽然如故，而河山却已
非原貌。

【赏析】

本篇大约写于南宋亡国前后。由咏新月展开想象与
联想，在感叹故国残破的愁情中，寄托重整河山的希
望。上片描绘新月，极写它的妩媚动人。"便有团圆意"
表层写闺情，深层则含蕴山河一统的微旨。下片望月兴
叹，借月抒怀。"千古盈亏"既指月又喻历代兴亡。"太
液池"三句写黍离之悲：哀怨而沉痛。"故山"数句又
升腾起新的希望。此词意象朦胧，含著蕴藉，实系
佳构。

齐天乐·蝉

一襟余恨宫魂断①，年年翠阴庭树。乍咽凉柯，还移暗叶②，重把离愁深诉。西窗过雨，怪瑶佩流空，玉筝调柱③。镜暗妆残，为谁娇鬓尚如许④？　铜仙铅泪似洗。叹移盘去远，难贮零露⑤。病翼惊秋，枯形阅世，消得斜阳几度⑥？余音更苦，甚独清商⑦，顿成凄楚。谩想薰风，柳丝千万缕⑧。

【注释】

①一襟：满腔、满怀。　余恨：意谓此恨绵绵。宫魂断：指蝉声凄断。《古今注》："齐王后忿而死，尸变为蝉……故世名蝉为齐女也。"传说蝉是宫中人魂魄所化，故说"宫魂"。

②咽：哽咽，指代悲鸣。　凉柯：秋天的树枝，寒枝。这两句意谓才在这边寒枝上住声，又爬到那边的黄叶底下悲鸣起来。

③瑶佩：玉佩。　流空：在空中飞过。瑶佩流空，形容蝉声凄清如玉佩叮咚在空中流过。　调柱：调弄乐器的弦柱，即"弹奏"。这三句是说：在西窗下听雨后的蝉声，非常清脆，疑心是玉佩的叮咚声在空中掠过，

又疑是弹奏玉筝的悲怨声划破秋空。

④镜暗妆残：暗指女子青春已过，这里是蝉的拟人化。　为谁：为何。　娇鬓：蝉翼的美丽透明如同女子的鬓发。

⑤铜仙：汉武帝为求长生，制仙人承露盘，用铜铸成，故称"铜仙"、或"金人"、"金铜仙人"。　铅泪：指泪水很多，晶莹如铅水。　零露：露水。这三句说：仙人承露盘已拆运它处，蝉的饮露就成了问题。

⑥枯形阅世：意谓枯槁的形骸在世间经因沧桑。枯形，指枯蜕（蝉蜕的皮）。阅，经历。　消得：禁受得起。

⑦甚：正。　清商：哀怨凄凉的曲调。商是五音（宫、商、角、徵、羽）之一，此指蝉鸣哀怨。

⑧谩想：徒然地想念。　薰风：南风，夏天的风。以薰风季节喻宋代盛世。　柳丝千万缕：指蝉夏栖之处，暗指蝉最活跃的季节在盛夏。

【赏析】

这首词咏蝉托物寄意，形象幽渺。起句将蝉的形象与宫女形象联系进行寓意联想，故端木埰曰："'宫魂'字点出命意，乍咽还移，慨播迁也。"（张惠言《词选》）即是说此词是对宋室被远人掳掠北迁的感慨。全词多处仕用唐人诗句，故国之恸十分明显。"病翼"、"枯形"，是形容饱尝苦难的遗民形象和心态。最后以寒蝉"漫想"来年春风和煦作结，突破哀伤和愁境，翻出新境界，给人以一种希望。

碧山此词以寒蝉的哀吟写亡国之恨，既贴物写形、写声，又超物写意，意与境合，玲珑剔透，不失为一首咏物佳作。

天香·龙涎香①

孤峤②蟠烟③，层涛蜕月④，骊宫⑤夜采铅水。泛远槎⑥风，梦深薇露⑦，化作断魂心字⑧。红磁⑨候火⑩，还乍识、冰环玉指⑪。一缕萦帘翠影，依稀海天云气。几回殢娇半醉。剪春灯、夜寒花碎。更好⑫故溪飞雪，小窗深闭。荀令⑬如今顿老，总忘却、尊前风味。漫惜余熏，空篝素被。

【注释】

①龙涎香：古代香料。

②峤：山尖而高。

③蟠烟：烟结而不散。

④蜕月：指水面月光变幻、闪烁。

⑤骊宫：传说中的骊龙所居之宫。骊，黑色。

⑥槎：木筏。

⑦薇露：蔷薇露。

⑧心字：心字香，出自广东番禺。

⑨红磁：表面有红釉的瓷香炉。

⑩候火：适中而及时的烟火。

⑪冰环玉指：指香烟的形状色泽。

⑫更好："好"读去声，喜欢。

⑬荀令：荀彧字文若，为汉侍中，守尚书令，曹公与筹军国大事，称之为荀令君。习凿齿《襄阳记》："荀令君至人家，坐幕三日，香气不歇。"

【赏析】

此篇系王沂孙一首著名的咏物词。它吟咏的是龙涎香，因所咏对象具神话色彩，故此词遣辞造境往往以神话的奇幻情调出之。上片从采香、制香到焚香，层层递进、逐层展开。下片回忆当年春夜燕香饮酒，如今却不再有如此雅兴，昭示出故国之思。词意潜隐，寄慨甚深。

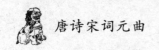

长亭怨慢·重过中庵故园

泛孤艇、东皋①过遍。尚记当时，绿阴门掩。屐齿②莓苔，酒良罗袖事何限？欲寻前迹，空惆怅成秋苑。自约赏花人，别后总、风流云散。　　水远，怎知流水外，却是乱山尤远。天涯梦短，想忘了绮疏③雕槛。望不尽冉冉斜阳，抚乔木④年华将晚。但数点红英，犹识西园凄婉。

【注释】

①东皋：指中庵寓居之地。

②屐齿：木屐底部前后各二齿，可踏雪踏泥。

③绮疏：窗户上的镂空花纹。

④乔木：代指故乡。

【赏析】

这首词写重过故友旧园时的复杂心绪。上片通过"绿阴门掩"等细节真实，强调"重过"之境，景是人非。然后用所"约赏花人"等情节，突出"惆怅"的伤感入骨三分。下片仍即景写情。"流水外"，"乱山尤远"，创造了有如欧阳修《踏莎行》的意境。"斜阳"、

"乔木"、"年华"对举，叹青春流逝，伤感不已。作品将怀念的具体对象和具体情事略去或抽象化，人物则用"赏花人"、"屐齿"等暗示，让人不能轻易读懂全词主旨，具有朦胧诗的一些特点。

高阳台·和周草窗寄越中诸友韵

残雪庭阴，轻寒帘影，霏霏玉管春葭①。小贴金泥②，不知春是谁家？相思一夜窗前梦，奈个人、水隔天遮。但凄然、满树幽香，满地横斜。　　江南自是离愁苦，况游骢古道，归雁平沙。怎得银笺③，殷勤说与年华。如今处处生芳草，纵凭高、不见天涯。更消他、几度东风，几度飞花。

【注释】

①玉管春葭：见前卢祖皋《宴清都》注。

②小贴金泥：泥金纸的宣春帖子，立春日所贴。

③银笺：精良的信笺。以色白而称之。

【赏析】

这是和周密原韵的作品，周密的原词《高阳台·寄越中诸友》，可能在宋亡后写于杭州。其词云："小雨分

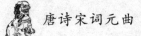

江，残寒迷浦，春容浅入蒹葭。雪霁空城，燕归何处人家？梦魂欲渡苍茫去，怕梦轻、还被愁遮。感流年、夜汐东还，冷照西斜。　　凄凄望极王孙草，认云中烟树，沤外平沙。白发青山，可怜相对苍华。归鸿自趁潮回去，笑倦游、犹是天涯。问东风，先到垂杨，后到梅花？"在主题方面，两词都咏初春别愁，但周词造句典雅，王词则较淡远；周词意境较实，王稍虚。周密偏重对于主观情绪的表现，而碧山则偏重由主观到客观世态的愁情的抒发。以上比较，使得我们能更清晰地看出两人词作的不同特色。

张　炎

张　炎（1248～1314），字叔夏，号玉田，又号乐笑翁，先世成纪（今甘肃天水）人，寓居临安（今浙江杭州）。他是南宋初大将张俊后裔张枢之子。宋亡前过着公子哥儿的生活。宋亡后，家境败落，张炎也因此穷困潦倒而终。他曾北上元都写经，求官未成，后归隐西湖。张炎的词咏物最为出色，其次词记游，多写个人哀怨。在艺术风格上以清空见长，笔墨淡而意趣高远，寓情于景，多有寄托。用字工巧，追求典雅。张炎与姜夔的词都讲究格律声韵，词风接近，世称"姜、张"。张炎在词学理论上造诣很深，著有《词源》一书，主张高远、雅正、清空。有《山中白云词》，存词三百首。

高阳台·西湖春感

接叶黄巢莺，平波卷絮，断桥斜日归船①。能几番游？看花又是明年。东风且伴蔷薇住，到蔷薇、春已堪怜。更凄然，万绿西泠，一抹荒烟②。　　当年燕子知何处③？但苔深韦曲，草暗斜川④。见说新愁，如今也到鸥边⑤。无心再续笙歌梦⑥，掩重门、浅醉闲眠。莫开帘，怕见飞花，怕听啼鹃⑦。

【注释】

①接叶：指树叶茂密，互相交接重迭。　巢莺：栖息在巢中的莺。　平波卷絮：意谓平静的水面上翻卷着团团的柳絮。　断桥：在西湖孤山之侧、里湖与外湖之间。此三句总写游湖时见到的暮春景象。

②更：一作"最"。　西泠：桥名，一名西陵桥，在孤山下，是后湖与里湖的分界线。　一抹：犹一片。

③当年燕子知何处：中唐诗人高禹锡《乌衣巷》

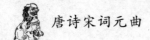

诗："旧时王谢堂前燕，飞入寻常百姓家。"此化用其意。暗寓宋亡后世家沦落之感。

④韦曲：在长安城南皇子陂西，唐代诸韦世居于此，名因韦曲。　斜川：在江西省星子与都昌两县间。陶渊明有《游斜川》诗并序，咏其景象。此二句借韦曲、斜川等处名胜比喻西湖风景。有不胜沧桑之感。

⑤见说：听说。

⑥鸥边：鸥鸟身边。这两句是说：听说无愁水鸥，如今也有愁了。可见愁情的深广。辛弃疾《菩萨蛮》词："拍手笑沙鸥，一生都是愁。"这两句喻指自身，意谓遁迹世外，像鸥鸟那样自由自在，而今已不可能的了。

⑥笙歌梦：指宋亡以前的欢乐生活。

⑦啼鹃：悲啼的杜鹃。即杜鹃、鸟名，啼声悲切。

【赏析】

此词系南宋亡国后词人重游西湖感怀而作。南宋灭亡时，张炎三十三岁，入元后词作常隐寓故国之叹。这首词即为其一。首三句写景，以景衬托国祚沉沦之凄凉。"能几番游"二句最沉痛，抒发出无限哀愁。换头"当年燕子知何处"暗用刘禹锡"旧时王谢堂前燕，飞入寻常百姓家"句意，道出江山易主之恨。"见说新愁"

以下，词人倾诉个人之满腔哀怨。再无心事追寻往日欢乐，闻到鹃啼，亦教人肝肠碎裂，痛苦难当。"莫"后紧追二"怕"字，将落魄遗民心惊胆寒之态刻画得入骨三分。此作，凄凉幽怨，悲郁之至，感人至深。

解连环·孤雁

　　楚江空晚①，怅离群万里，恍然惊散②。自顾影、欲下寒塘③，正沙净草枯，水平天远④。写不成书，只

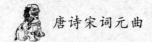

寄得相思一点⑤。料因循误了,残毡拥雪,故人心眼⑥。
谁怜旅愁荏苒?谩长门夜悄,锦筝弹怨⑦。想伴侣犹宿
芦花,也曾念春前,去程应转⑧。暮雨相呼,怕蓦地玉
关重见⑨。未羞他、双燕归来,画帘半卷⑩。

【注释】

①楚江:泛指南方的江河。

②怳然:失意的样子。此两句谓:离群万里的孤
雁,因与伙伴离散而惆怅。

③自顾影二句:谓打算飞下寒塘,照看一下自己的
身影,顾影:对自己的孤独表示怜惜的意思。

④沙净两句:写水边秋色。但见草木沙洲已枯:远
处天水芒芒。

⑤写不成书两句:雁儿飞翔时,行列整齐,队形如
字。孤雁在天上只有一点,排不成字,故云写不成书
信,只寄得一点相思之意。

⑥料因循三句:是说由于雁儿失群误事,没有能够
传达故人的心事。 残毡拥雪:《汉书·苏武传》载匈
奴"幽武置大窖中,绝不饮食。天雨雪,武卧啮雪与毡
毛并咽之,数日不死。"这里似把苏武比喻南宋被迫北
行的人物,他们在异族的统治下处境虽然极其艰难但仍
保持高尚的民族气节。

⑦谁拎三句：写孤雁的羁旅哀怨之情。 荏苒：展转，不断。 长门：宫殿名。汉武帝时陈皇后被废后曾居于此宫。这里是把冷宫衬托孤雁来渲染哀怨。 锦筝：筝的美称，它的声调凄清哀怨，古人称为哀筝。

⑧也曾两句：是说它（指失散的伴侣）也会想到春前飞回北方去。

⑨暮雨二句：这两句是孤雁设想与伴侣在北地忽然重逢，于暮雨中相互招呼时的欢快心情。

⑩未羞两句：这是写孤雁幻想和自己的伴侣重逢后，孤雁不孤，当双燕飞归楼前时，孤楼就不会自惭孤独了。

【赏析】

　　这首词吟咏孤雁离群之悲，实则借孤雁寄托作者宋亡后的伤感，也反映了宋遗民普遍生活体验及感触，具有一定的典型意义。上片前三句写孤雁失群；接写失群后的孤独。从而巧妙地表达出遗民对前朝的思念，由于此句妙手偶得，故"人皆称之（张炎）曰'张孤雁'。"（孔行素《至正直记》卷四）。换头承前，叹息北去的南宋宫室之艰难险恶的处境。而孤雁只有在夜雨中哀鸣，若是能在玉门关重新见到离失的伴侣，该是何等的惊喜！全词穿插有关雁的典故及唐人咏雁诗句，实现了哀

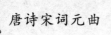

悼故国之主旨的表达，在咏雁词中堪称佳句。

蒋 捷

蒋捷（生卒年不祥），字胜欲，阳羡（今江苏宜兴）人。南宋度宗咸淳十年（1274）进士。宋亡后隐居太湖中的竹山，人称竹山先生。元大德年间，有人荐举他做官，他不肯去，表现了始终不渝的气节。与周密、王沂孙、张炎并称"宋末四大家"。他的词虽没有着力去描写现实社会中的重大矛盾，但仍然曲折地表现了他在国破家亡后的苦闷与痛苦。在表现形式上想象丰富，语言精炼，格律形式运用自如，受辛弃疾影响较大。著有《竹山词》，存词九十余首。

虞美人·听雨

少年听雨歌楼上，红烛昏罗帐。壮年听雨客舟中，江阔云低，断雁叫西风①。而今听雨僧庐下，鬓已星星也②。悲欢离合总无情③，一任阶前，点滴到天明。

【注释】

①断雁：孤雁。

②星星：形容头发斑白。

③此句言自己对悲欢之情已无动于衷。

【赏析】

这是一首小令，却概括出人生三个阶段的特殊感受，可谓言简意赅。它以"听雨"为触媒，将几十年大跨度的时间和空间相融合。少年的享受与陶醉，壮年的飘泊与孤苦，老年的冷寂与索寞，一生悲欢离合，尽在雨声中消磨。一任雨声淋霪，消弥了喜怒哀乐……而其深层则潜隐着亡国愁情。此作淡而味永，浅而情深，其人生体验，颇令人深长思之。

周　密

周　密（1232～1329），字公瑾，号草窗，又号弁阳啸翁、萧斋、四水潜夫等，祖籍济南，流寓吴兴，曾为义乌（今浙江义乌）令，宋亡后隐居不仕。周密是宋亡后著名的词家，与王沂孙、张炎等人共结词社。周密

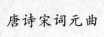

（草窗）和吴文英（梦窗），并称"二窗"，词风有相近之处，讲究格律、句法、字法。周密的著作比较丰富，有《武林旧事》、《齐东野语》、《癸辛杂识》等；编纂《绝妙好词》（南宋词）；诗有《蜡屐集》；词有《草窗词》，又名《苹洲渔笛谱》。

高阳台·送陈君衡被召

照野旌旗，朝天车马，平沙万里天低。宝带金章①，尊前茸帽②风欹。秦关汴水经行地，想登临、都付新诗。纵英游、叠鼓清笳，骏马名妓。　　酒酣应对燕山雪，正冰河月冻，晓陇云飞。投老残年，江南谁念方回③？东风渐绿西湖岸，雁已还、人未南归。最关情、折尽梅花④，难寄相思。

【注释】

①宝带金章：官服有宝玉饰带，金章即金印。

②茸帽：毛皮帽。

③方回：贺铸字。

④折尽梅花：《西洲曲》："忆梅下西洲，折梅寄江北。"

【赏析】

此词抒发送别被元初朝廷征召北去的朋友时的感慨，心情极为复杂的。开篇三句写陈君衡被召临行时车马旌旗之隆重，"宝带"二句则隐含对陈氏屈仕元朝之微辞。"秦关"三句写路途迢迢。"纵英游"三句推想陈氏此去定能豪纵携妓。换头三句仍就送别意替对方设想那边景象，表现出关切之情。"投老残年"以下转写自己暮年的寂寞。结尾三句写对君衡的怀念。此词对君衡"被召"的态度暧昧隐晦，既有关切，又有婉讽表现了当时遗民文人的复杂心态。语言朴实无华，词意比较苍凉。

吴文英

吴文英（1200～1272），字君特，号梦窗，晚年又号觉翁。四明（今浙江宁波）人，本姓翁而入继为吴氏子。早年曾入仕苏州仓幕，后长期以清客身份交游于公卿显贵之间。他的词音律和谐，能自度曲，填词以周邦彦为宗，炼字炼句，但过分注重词藻格律和技巧，喜用典故，有时不免流于晦涩。历来对吴词评价不一。张炎

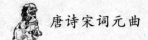

在《词源·清空》里讥笑说：“吴梦窗词如七宝楼台，眩人眼目，拆碎下来，不成片段。”清代周济况周颐等对他备加推崇。有《梦窗词》传世。

祝英台近·春日客龟溪游废园①

采幽香，巡古苑②，竹冷翠微路③。斗草溪根④，沙印小莲步⑤。自怜两鬓清霜，一年寒食，又身在、云山深处⑥。　　昼闲度。因甚天也悭春⑦，轻阴便成雨。绿暗长亭，归梦趁风絮⑧。有情花影阑干，莺声门径，解留我、霎时凝伫⑨。

【注释】

①龟溪：在今浙江德清县。　废园：龟溪当地一荒芜的园林。

②古苑：指题中的“废园”。

③翠微路：青翠的小山旁的路。

④斗草：古代妇女常在春日里以斗草为戏。　溪根：溪边。

⑤小莲步：指女子的脚步。《南史》载：南齐东昏侯以金制成莲花贴于地，令潘妃行其上，曰：“此步步生莲花也。”

1542

⑥"自怜"三句：谓这次重来德清，已是晚年，两鬓斑白，自伤人老之至而今又是寒食节，自己又漫游他乡，徒增两地相思之叹。　寒食：节令名，在清明前一两日。

⑦"因甚"句：言为什么天也这么吝惜春天呢？悭：节俭，吝惜。

⑧归梦趁风絮：言梦魂随着飘扬的风絮回到了故乡。

⑨最后三句：那阑干边扶疏的花影，小门畔婉转的莺语，满含情思挽留他，使他停立凝思不忍离去。　霎时：片刻，短时。　凝伫：凝思伫立。

【赏析】

这首词是作者在龟溪作客，寒食节时游览一座已经荒芜的园林时所作。因之，作品中亦含有衰颓思绪。上片写主人公来到废园。用一"冷"字表现出心境凄清。"斗草"二句写年轻姑娘之游，以与见到妙龄少女，与"两鬓清霜"的自己相对照，而生"自怜"之叹。"寒食"点明节令。怀才不遇，更引发"云山深处"的叹息。下片叙述词人游园遇雨一独自于花影之下沉思，更加感叹自己有家难归，有如飘萍。全篇情景交融，含蓄蕴藉，耐人寻味。

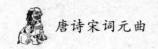

风入松

听风听雨过清明，愁草瘗花铭①。楼前绿暗分携路，一丝柳，一寸柔情。料峭春寒中酒②，交加晓梦啼莺③。西园日日扫林亭，依旧赏新晴。黄蜂频扑秋千索，有当时纤手香凝。惆怅双鸳不到④，幽阶一夜苔生。

【注释】

①草：起草。瘗：埋葬。铭：文体的一种。

②料峭：寒冷的样子。中酒：醉酒。

③交加：纷纷交错。

④双鸳：美人的鞋子，此指美人的足迹。

【赏析】

这首词系暮春忆旧怀人之作，写得凄艳哀绝，十分感人。上片寓情于景写词人在清明前后的风雨中，起草葬花词，以示对故人的怀恋。看到一丝柳条，就又感受到当时分别时的一份柔情。下片抒发作者对意中人的刻骨相思。昔中两人曾共游西园，而今却独自徜徉。景象"依旧"人事全非，在无限伤感又引起无穷期望这种心理状态下，词人进入了自己所制造的想象世界：黄蜂在秋千索上扑飞，原来是佳人当时荡秋千手抓过的地方，至今仍有幽香，才惹得蜜蜂频来。青苔也因惆怅佳人双鸳鞋没曾到来，一个晚上就长满了石阶！在这里，情绪的表现和诗思的想象达到前无古人的美伦美奂境界，准确地传达出抒情主体的内心情感。此种艺术手段，确实称得上"词中高境也"。（陈廷焯《白雨斋词话》）

贺新郎·陪履斋先生沧浪看梅①

乔木生云气。访中兴、英雄陈迹②，暗追前事。战舰东风悭借便③，梦断神州故里④。旋小筑、吴宫闲地⑤。华表月明归夜鹤，叹当时、花竹今如此。枝上露，溅清泪⑥。

遨头小簇行春队⑦。步苍苔、寻幽别坞⑧，问梅开未。重唱梅边新度曲，催发寒梢蕊⑨。此心与、东君同意⑩。后不如今今非昔，两无言、相对沧浪水⑪。怀此恨，寄残醉。

【注释】

①履斋先生：吴潜，字毅夫，号履斋。淳祐中，为观文殿大学士，封庆国公。　沧浪：指沧浪亭，在今苏州，南宋初为韩世忠别墅。

②"访中兴"句：寻访中兴英雄当年留下的遗迹。
访：寻访。 中兴英雄：指韩世忠。南渡之初，韩世忠屡建奇功，当时与后世都有很高评价。

③"战舰东风"句：写天下助人，使韩世忠未能在黄天荡一举消灭入侵金军。《宋史·韩世忠传》载，建炎四年（1130），金兀术以十万之众渡江南侵，韩世忠率部八千将其困于黄天荡，后金兀术掘新河逃走。 东风悭借便：反用赤壁战中，东风与便，周瑜大破曹军之事。悭：吝惜。

④"梦断"句：谓梦中无数次回到中原。 梦断：梦尽。 神州：指中原。

⑤"旋小筑"句：旋即在吴国故都的闲地上，建此小巧别墅。 旋：随即，旋即。 故宫：苏州为古吴国

故都，故云。

⑥"华表月明归夜鹤"四句：是说韩世忠如能化鹤归来，也必然会叹息当年花竹繁茂之地而今变得如此冷落，眼前疏梅之上清露滴滴，似在向人溅泪。"华表月明"句：典出《搜神后记》，丁令威学道灵虚山，道成后化鹤归辽东，止于城门华表柱上。有少年欲射，令威徘徊空中歌曰："有鸟有鸟丁令威，去家千年今始归，城郭如旧人民非。" 华表：指设在宫殿城垣等前面作为标志、装饰用的大柱。

⑦"遨头小簇"句：谓太守与数人同来此游春。遨头：《成都记》说："太守出游，士女则于木床观之，谓之遨床，故太守为遨头。" 小簇：小集。

⑧坞：周围高中间低洼之地。

⑨"重唱"两句：谓使歌唱二人新作之曲，催开枝头尚未绽开的梅花。

⑩东君：指春神，隐指吴潜。

⑪沧浪：水色青苍。

【赏析】

此词作者写陪吴潜沧浪亭观梅，抒发了词人缅怀英雄、感时忧国的情绪。上片前半追忆韩世忠大败金兀术的英雄壮举。后半写词人与吴潜来游韩世忠放闲后所置

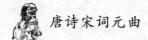

沧浪亭别墅，恍如隔世。下片写沧浪别墅观梅。"梅边新度曲，催发寒梢冻蕊"写得极有情趣、有境界，为下句"此心与、东君同意"作了铺垫，突出了词人梅花一样高洁的情操。接下抒发今不如昔的愤慨，对南宋小朝廷发出婉讽。

唐多令

何处合成愁？离人心上秋。纵芭蕉不雨也飕飕①。都道晚凉天气好，有明月，怕登楼。年事梦中休，花空烟水流。燕辞归，客尚淹留②。垂柳不萦裙带住，漫长是，系行舟。

【注释】

　①飕飕：风声。

　②淹留：滞留、久留。

【赏析】

这是吴文英词中的一首疏快之作。起笔点愁，意有两层，心上着秋字曰愁，离思加伤秋为愁。"纵芭蕉、不雨也飕飕"言外意即使没有芭蕉雨，人也有相思泪。换头句异常颓伤；"垂柳"句又翻出全新境界。小词明快轻捷，颇富民歌韵味。

刘克庄

　　刘克庄（1187～1269），字潜夫，号后村居士，莆田（今福建蒲田一带）人，南宋著名的江湖诗人和辛派词人的重要作家。以荫入仕，淳祐六年赐进士出身，官致工部尚书兼侍读。任建阳县令时，曾因作《落梅》诗中有"东风谬掌花权柄，却忌孤高不主张"句，得罪权贵，废置十年。

　　刘克庄所写诗词多感时事之作，渴望收复中原，振兴国力，反对妥协苟安。词风粗豪肆放，慷慨激越，有明显的散文化，议论化倾向。代表作有《贺新郎·送陈子华赴直州》、《沁园春·梦浮若》、《玉楼春·戏呈林节推乡兄》等。著有《后村先生大全集》、《后村别调》。

玉楼春·戏林推

　　年年跃马长安市，客舍似家家似寄①。青钱换酒日无何，红烛呼卢宵不寐②。　　易挑锦妇机中字，难得

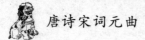
玉人心下事③。男儿西北有神州，莫滴水西桥畔泪④！

【注释】

①"年年"两句：常年在京城骑马游赏，视客舍如家门，而家门反若寄居之所。　跃马长安市：骑着马在京城里游玩。长安：借指临安（杭州）。

②青钱：古代钱币有青黄两种，青钱是其中的一种。　无何：无事可作。　呼卢：即赌博，掷骰时常呼"卢"以求好运。　宵不寐：指通宵达旦地赌博。这两句具言其纵情玩乐。

③"易挑"两句：妻子的感情是真挚的，她会一心一意对待你，至于妓女们的心意就难以捉摸了。　挑：挑花纹。"锦妇扣中字"见《晋书·窦滔妻苏氏传》：窦

滔"被徙流沙，苏氏思之，织锦为回文旋图诗以赠滔，宛转循环以读之，词甚凄婉。"　玉人：美人，这里指妓女。　心下事：妓女的心意。

④"西北"两句：西北还有广大的国土没有光复，男子汉不要为妓女抛洒那种离别之泪，应为收复失地建功立业。　水西桥：当时妓女聚居之地。

【赏析】

此词题曰"戏林推"，带有些许玩笑，然而内容却很严肃。上片主要写当时临安阔少们的放浪生活，是当时朝臣文恬武嬉生涯的表现。下片前二句谓妻子的爱情真挚恒久，而妓女却总叫人难以捉摸。接下去继续劝诫：男子心中应装着国家，泪水不要为妓女而流。结拍二句是表现爱国思想的千古名句。此作，言简意赅，足令深长思之。

刘　过

刘　过（1154～1206），字改之，自号龙洲道人，吉州太和（今江西省泰和县）人。生平以功业自许，然屡试不第，终身未仕，力主抗金，数次上书言事，皆不

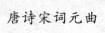

报，放浪江湖间，与陆游、辛弃疾、陈亮游。晚年寓居昆山（今属江苏省）而卒。词效辛弃疾，风格豪放不拘。有《龙洲集》、《龙洲词》。

唐多令

安远楼小集，侑觞歌板之姬黄其姓者，乞词于龙洲道人，为赋《此唐多令》。同柳阜之、刘去非、石民瞻、周嘉仲、陈孟参、孟容，时八月五日也①。

芦叶满汀洲，寒沙带浅流。二十年、重过南楼。柳下系舟犹未稳，能几日，又中秋②。

黄鹤断矶头，故人今在不③。欲买桂花同载酒，终不似、少年游。

【注释】

①安远楼：即南楼，在武昌黄鹤山上。唐宋时为骚人词客游赏胜地。　侑觞：劝酒。　歌板之姬：歌女。

唐多令：一作"糖多令"。

②黄鹤：此指黄鹤山，一名黄鹤山，山西北有断矶（临江陡然中断的山崖），矶上筑有黄鹤楼，为观赏登临胜地。

③浑是：全是，都是。

【赏析】

　　这是一首重游故地，忆昔怀旧之作。词人二十年前曾在安远楼与朋友名士聚会，二十年后重游此地，感慨今昔，因成此篇。上片写秋令时节来到安远楼的情景。下片触动物是人非的感叹。"旧江山浑是新愁"淡语有深情，为全篇之主旨。极写"旧江山浑是新愁"的怅恨。言简意丰，思致哀婉。继昌云："轻圆柔脆，小令中工品。"并非过誉之词。

范成大

　　范成大（1126～1193），字致能，号石湖居士，苏州吴县（今属江苏）人。高宗绍兴二十四年（1154）进士，授徽州司户参军，累迁吏部员外郎。知静江府，开起居舍人兼侍讲。乾道六年（1170），假资政殿大学士身份命使金，慷慨不屈，全节而归。迁中书舍人，出为四川制置使，累官参知政事。晚年退居家乡石湖，卒谥文穆。诗为南宋四大家之一，田园诗尤其为人称道。亦工词，词风秀逸清婉。有《石湖居士诗集》、《石湖词》。

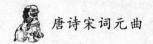

忆秦娥

楼阴缺①，阑干影卧东厢月。东厢月，一天风露②，杏花如雪。　隔烟催漏金虬咽③，罗帏暗淡灯花结④。灯花结，片时春梦，江南天阔⑤。

【注释】

①楼阴缺：高楼为树荫所掩，只露出楼房的一角。

②一天：满天。

③烟：指雾气。　金虬：铜龙，古代计时的漏壶上所装的铜制龙头，水从龙口里流出。④罗帏：轻软的沙罗做的帐子。此指闺房。　灯花结：旧俗相传，结灯花表示有喜讯。

⑤片时春梦：指短暂的美梦。最后二句化用岑参《春梦诗》"枕上片时春梦中，行尽江南数千里"句意。

【赏析】

此作即景抒情，表达一种朦胧的情绪。上片霜月、楼阴、风露、杏花等组合成一幅绚丽而有层次感的月中夜景，能引人无限遐思。下片系室内景。由室内诸景而勾人团圆之念。有人认为这是词人出使金国怀念南方之作。那么，"楼阴缺"，便带痛惜河山破碎之意了。此词化境界开阔，意境幽远，耐人寻味。

眼儿媚

萍乡道中乍睛，卧舆中，困甚，小憩柳塘①酣酣日脚紫烟浮②，妍暖破轻裘③。困人天气，醉人花底，午梦扶头④。　　春慵恰似春塘水，一片縠纹愁⑤。溶溶泄泄，东风无力，欲皱还休⑥。

【注释】

①萍乡：今江西省萍乡县。　舆：轿，也可指小车。　小憩：片刻。

②酣酣：谓春日温暖使人酣畅舒适。　日脚：穿过云缝射下的阳光。杜甫《羌村》诗："峥嵘赤云西，日脚下平地。"

③"妍暖"句：谓和暖之气透过轻裘，使人微觉燥热。　妍暖：谓天气和暖，景物美丽。　轻裘：薄袄。

④困人天气：张先《八宝装》词："和风细雨，困人天气。"　扶头：原指易醉之酒，此指午梦昏沉貌。

⑤春慵：谓春日的懒散情绪。　縠纹：绉纹，多用以比喻水的波纹。

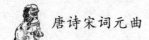

⑥"溶溶"三句：冯延巳：《谒金门》"风乍起，吹皱一池春水。"此反用其意。 溶溶泄泄：水波荡漾貌。

【赏析】

此词是一首即景之作。首句写雨后初晴，人酣酣欲睡，天色困人，花香醉人，于是人于车中扶头而眠。"春慵"如"春水"，比喻巧妙，新人耳目。后四句将困春的形、神、姿态均刻画得生动可感。沈际飞云："字字软温，着其气息即醉。"道出了此词的艺术魅力。

霜天晓角①

晚晴风歇。一夜春威折。脉脉花疏天淡，云来去，数枝雪。　胜绝。愁亦绝。此情谁共说？唯有两行低雁，知人倚画楼月。

【注释】

①霜天晓角：此调首见林逋咏梅词，其词有"霜洁"、"晓寒"、"玉龙三弄"，调名当取此义。

【赏析】

此词吟咏春愁。"风歇"而"春威折"，吟咏自然风景，而又蕴含某种哲理意味。"花疏"而含情"脉脉"，

"天淡"而唯"云来去","数枝"梅如"雪",营造出恬
淡高雅的氛围。换头"胜绝"承上绝佳境界。"此情谁
共说?"更增加无限孤独哀苦。结二句两行低雁,人倚
画楼通常是哀愁意象。以此作结,更将春愁作了扩展与
延伸。

陈　亮

　　陈亮（1143～1194），字同甫，世称为龙川先生。
婺州永康（今属浙江）人。南宋进步的思想家、文学
家，是永康学派的代表。反对朱熹的理学，认为天理与
人欲、仁义与功利，王道与霸道是统一的，主张功利主
义，鄙视空谈，崇尚实践。与辛弃疾友善，积极主张抗
金，并为此五次上书，然终不得用。晚年中进士第一，
未到官职而死。其文学成就主要是散文和词，陈词立意
高远，以论入词。在风格上慷慨豪放，属辛派词人。有
《龙川集》传世，存词七十四首。原《长短句》四卷，
已佚。

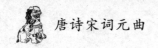

水龙吟

　　闹花深处层楼①，画帘半卷东风软②。春归翠陌，平莎茸嫩，垂杨金浅③。迟日催花，淡云阁雨④，轻寒轻暖。恨芳菲世界，游人未赏，都付与、莺和燕。寂寞凭高念远。向南楼、一声归雁。金钗斗草⑤，青丝勒马⑥，风流云散。罗绶分香⑦，翠绡封泪⑧，几多幽怨。正销魂，又是疏烟淡月，子规声断⑨。

【注释】

　　①闹花深处层楼：谓高楼隐映于浓密花丛之中。

　　②东风软：东风轻柔无力。

　　③"春归"三句：谓春天归来，路边一片碧绿，平原上一片嫩草，杨柳发出淡黄色的新芽。　平莎：长满青草的平地。

　　④"迟日催花"两句：春日渐长，像催促着鲜花快开。细雨停止，天空中飘着几片淡云。　迟日：白日渐长。《诗经·七月》："春日迟迟。"　阁雨：即"搁雨"，雨停住。

　　⑤金钗斗草：指妇女们戴着金钗在野外寻觅奇草斗胜。《荆楚岁时记》："五月五日四民并踏百草，又有斗

百草之戏。"

⑥青丝勒马：用青丝绳做马络头。《陌上桑》："青丝系马尾，黄金络马头。"

⑦罗绶分香：临别时把香罗带赠送情人。罗绶：罗带。

⑧翠绡封泪：离别后，丝巾上沾裹有离别之泪。翠绡：翠色的丝巾。

⑨子规：即杜鹃，相传为蜀帝杜宇亡魂所化，啼时口角流血，声音悲哀。

【赏析】

此词初看起来，是一首伤春思远的词。上片写春光烂漫，"恨芳菲"陡作转折，说春色如此美妙，却无人欣赏。下片换头既已点明全词的"念远"主旨。接下通过回忆，写昔日邂逅的情境；分别的"幽怨"，均就男女双方分别表现。"正消魂又是"又回到眼前，烟月迷离，子规声咽，一片凄清景致，更增几多离愁。陈亮乃南宋气节之士，其创作绝少儿女情长。故有人认为此作是借伤春怨别而寄恢复之志。黄蓼园云："好世界不求贤共理，唯与小人游玩如莺燕也。'念远'者念中原也，'一声归雁'谓边信至，乐者自乐，忧者自忧也。"（《蓼园词选》）不无道理。

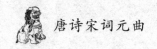

张元干

　　张元干（1091～1170），字仲宗，别号芦川居士，宋长乐（今福建长乐县）人，或作三山（今福州）人。曾任陈留丞。靖康元年，为李纲东征行营使属官。宋高宗绍兴中，为将作少监。当时胡铨、李纲因反对秦桧的投降政策，而被贬黜，张元干因同情李、胡，作词相送，以资鼓励，竟被除名。晚年寓居福州。秦桧死后，张元干又来到临安，羁寓西湖之上，并重游吴兴等地，后客死他乡。

　　张元干的词，风格豪迈，送胡铨和李纲的《贺新郎》两首，是他的重要代表作。此外，他还有以清丽婉转为特色的一类作品。从词的发展历史上看，他生活在北宋末年和南宋初年，是一位承前启后的重要词作家。他继承了苏轼开创的豪放派的词风，又通过自己的创作实践，使词的内容更紧密地与现实斗争结合起来，对南宋的许多优秀词人都起了重要的影响。著有《芦川归来集》和《芦川词》。

石州慢

寒水①依痕，春意②渐回，沙际烟阔。溪梅晴照生香，冷蕊数枝争发。天涯旧恨，试看几许消魂？长亭门外山重叠。不尽眼中青，是愁来时节。　　情切。画楼深闭，想见东风，暗消肌雪③。辜负枕前云雨④，尊前花月。心期切处，更有多少凄凉，殷勤留与归时说。到得再相逢，恰经年离别。

【注释】

①"寒水"句：杜甫《冬深》诗："早霞随类影，

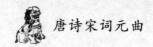
寒水各依痕。”

②"春意"二句：杜甫《阆水歌》："更复春从沙际归。"

③肌雪：庄子《逍遥游》："藐姑射之山，有神人焉。肌肤若冰雪，淖约若处子。"

④枕前云雨：宋玉《高唐赋序》谓楚王梦与巫山神女相会，神女自称："旦为朝云，暮为行雨，朝朝暮暮，阳台之下。"此处指夫妇欢合。

【赏析】

此篇另本题为"感旧"，是一首写游子思家的伤春词。首三句写春回，接二句咏梅，"天涯旧恨"是一篇之主旨，这后五句移情入赏。下片转写对家中妻子的思念，抒发相思之苦。黄蓼园谓此词是作者借思家写政治上受迫害的复杂心情，"不得已而托于思家，意亦苦矣"。(《蓼园词选》) 词意含蓄蕴藉，耐人咀嚼。

兰陵王

卷珠箔，朝雨①轻阴乍阁。阑干外、烟柳弄晴，芳草侵阶映红药②。东风妒花恶，吹落梢头嫩萼。屏山掩、沉水③倦熏，中酒心情怯杯勺。　　寻思旧京洛④。正年少疏狂，歌笑迷著。障泥油壁⑤催梳掠。曾驰道⑥同载，上林⑦携手，灯夜⑧初过早共约。又争信飘泊？寂寞。念行乐。甚粉淡衣襟，音断弦索⑨。琼枝璧月⑩春如昨。怅别后⑪华表，那回双鹤。相思除是⑫，向醉里、暂忘却。

【注释】

①"朝雨"句：王维《书事》诗："轻阴阁小雨，深院昼慵开。"

②红药：芍药。

③沉水：又名沉香、密香、伽南香。

④京洛：此借指北宋京都汴京。

⑤障泥油壁：指马与车。

⑥驰道：《史记·秦始皇本纪》："二十七年治驰道。"《集解》引应劭曰："驰道，天子之道。"此泛指京城大道。

⑦上林：苑名。此处借指汴京的名园。

⑧灯夜：放灯之夜。

⑨弦索：弦乐器。

⑩琼枝璧月：《陈书·张贵妃传》："其曲有《玉树后庭花》、《临春乐》等，……其略曰：'璧月夜夜满，琼树朝朝新。'"

⑪"怅别后"二句：《搜神后记》卷一："丁令威，本辽东人，学道于灵虚也，后化鹤归辽，集城门华表柱上。时有少年举弓欲射之，鹤乃飞，徘徊空中而言曰：'有鸟有鸟丁令威，去家千年今始归。城郭如故人民非，何不学仙冢垒垒。'"

⑫除是：即除非是。

【赏析】

此篇作于南渡以后，是追恋旧日所爱、怀思京都生活的一首伤春伤别之作。此调共分三段。一段写春日酒后登楼眺望的见之春变，牵动了无限春恨春愁。二段写愁思的根源，缅怀少年时期京洛乐事。"障泥油壁"四句，是具体地摹写与所恋者艳游生活的细节。"又争信飘泊"陡转，喷射出乐极生哀的强烈情绪反差。三段进一步写与恋人分别后的凄凉，并幻想重返旧地，表达了对故土人民的思念，对自我的悲观有所超越。此词曲折，委曲，极摹往日旧情，写得沉郁顿挫，于细腻处见深厚。

周邦彦

　　周邦彦（1056～1121），北宋词人。字美成，号清真居士，钱塘（今浙江杭州）人。元丰初为太学生，因献《汴都赋》得神宗赏识。后为格律派词人所宗，推为巨擘。今存《片玉词》。

瑞龙吟

　　章台路，还见褪粉梅梢①，试花桃树。愔愔坊陌人家②，定巢燕子，归来旧处。黯凝伫，因念个人痴小，乍窥门户。侵晨浅约宫黄，障风映袖，盈盈笑语。前渡刘郎重到，访邻寻里，同时歌舞，唯有旧家秋娘，声价如故。吟笺赋笔，犹记燕台句。知谁伴，名园露饮，东城闲步？事与孤鸿去。探春尽是，伤离意绪。官柳低金缕。归骑晚、纤纤池塘飞雨。断肠院落，一帘风絮。

【注释】

　　①褪粉梅梢：指梅花开始凋谢。粉，指粉百、粉红

1565

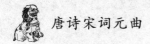

的梅花。

②"悄悄"三句：悄悄，幽静的样子。坊陌人家，指妓女居处。郑文焯校引杨慎云："当时（指唐时）长安诸倡家其选入教坊者，居处则曰坊。"

【赏析】

这是一首访旧感怀之作。是词人因曾党祸罢黜庐州教授，十年后方被召回京师任国子监主簿。此词便是写回京后访问旧友的复杂心情。全词三段。首段写初春访旧的环境氛围，二段回忆当年初来时所见所爱，忆念伊人。当年万种风情，宛在目前。三段抚念追昔，极写物是人非的哀戚。"歌舞"如旧，"秋娘"不在，于是引发过去与"秋娘"的一段文字姻缘的回顾。"吟笺赋笔"二句用李商隐赠歌女情诗之故实写自己与"秋娘"的挚爱。此作以铺叙手法绘画形象披露内心愁苦，今昔交错，人物情绪与作品境界均给予动态性的表现。其结构模式甚至带有戏剧性特点。这使它成为一篇不可多得的佳构。

风流子

新绿小池塘，风帘动、碎影舞斜阳。羡金屋去来，旧时巢燕，土花缭绕，前度莓墙。绣阁里、凤帏深几许，听得理丝簧。却说又休，虑乖芳信，未歌先咽，愁近清觞。　　遥知新妆了，开朱户，应自待月西厢^①。最苦梦魂，今宵不到伊行^②。问甚时说与^③，佳音密耗，寄将秦镜，偷换韩香。天便教人^④，霎时厮见何妨。

【注释】

①待月西厢：语出元稹《会真记》，"是夕红娘复至，持彩笺以授张（生）曰：'崔（莺莺）所命也。'题其篇曰《明月三五夜》其词曰：'待月西厢下，迎风户半开。拂墙花影动，疑是玉人来。'"此三句谓，我猜想她已经重新梳妆好了，此刻她也许正走进西边的厢房里，打开了朱红色的小窗，默默地守候着月亮升起。

②伊行：即你那边，你那里。晏几道《临江仙》词："如今不是梦，真个到伊行。"蔡伸《极相思》：《不如早睡，今宵梦魂，先到伊行。"

③"问甚时"二句：谓你到底打算什么时候，才把好音讯告诉我呢？密耗，消息，音信。

④"天便"二句：谓老天啊，你又何妨让我们见上一面，那怕是短短的一面也好啊！

【赏析】

这是一首恋情词。首三句写初春黄昏外景，点明时

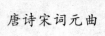

间地点。接下四句，写燕能入金屋，人却被阻，强调人不如物，只能听到伊人弹琴吹簧的声音，人物备增孤独。"欲说"以下四句忆旧，将当时两人欲言又止，种种情态生动绘出。下片着重写室外的思恋。"遥知"三句假想对方念己；"最苦"写自己梦魂难寻，虽有伊"待月西厢"，却连梦中也不能去到伊人身边。"问"数句盼望重叙旧欢。但结尾又转而把期待全抛掉，求老天让他们立即相见！全词由景而情，吞吐往复，层层递进，最后将情写到极处，令人读后心潮难平。它以人物的心理流程进行结构，也使其别具一种艺术风姿。

兰陵王

柳阴直，烟里丝丝弄碧。隋堤上、曾见几番①，拂水飘绵送行色。登临望故国。谁识、京华倦客。长亭路，年去岁来，应折柔条过千尺。　　闲寻旧踪迹，又酒趁哀弦，灯照离席。梨花榆火催寒食②。愁一箭风快，半篙波暖，回头迢递便数驿。望人在天北。凄恻③。恨堆积。渐别浦萦回，津堠岑寂④。斜阳冉冉春无极。念月榭携手，露桥闻笛。沉思前事，似梦里，泪暗滴。

【注释】

①曾见几番：按，考周邦彦生平，哲宗元祐二年（一〇八七）自太学正教授庐州，是一别京都。徽宗政和二年（一一一二）自卫尉卿直龙图阁出知隆德府，是再别京都。此次自待制出知真定府，是三别京都。故云曾见几番。

②梨花榆火催寒食：谓我忽然想起过几天就是寒食节了。梨花都开了，还有榆火。寒食：冬至后一百零五日为寒食节，即清明前二日。古代在寒食节，禁火三天。温庭筠《鄠杜郊居》诗："寂寞游人寒食后，夜来风雨送梨花。"李峤《寒食清明日早赴王门率成》诗："槐烟乘晓散，榆火应春开。"按：此句点明节令。

③凄恻：江淹《别赋》："行子肠断，百感凄恻。"谓离人心情极其哀伤。

④津堠：津，渡口。堠，古代的土堡。五里一堠，十里二堠。亦称单堠。双堠。

【赏析】

此词以柳发端，状写送客之离愁。全词三段（又称三叠、三换头），首段托柳起兴，由柳丝、柳絮等牵出折柳送别之人。而"登临望故国，谁识、京华倦客"则系全篇主旨。"长亭路"以下三句写久客京华，备尝多年来送客的感伤。二段写此次具体送别情境。尤值一提的是"一箭风快"三句状写离别迅速，形象而具体，颇能使读者动容。三段写行者已远去他方，送者仍在"别浦""津堠"留连，不忍离去，"沉思"着以往的相聚，悲泪暗流。在此词中，有生活细节、有人物活动，有抒情主体的心理意绪，形成词作较为鲜明的叙事性和戏剧性特色。因之亦较其他诸多送别词厚重得多。这也是周邦彦词能独步宋代词坛的重要原因之一。

琐窗寒

暗柳啼鸦，单衣伫立，小帘朱户，桐花半亩，静锁一庭愁雨。洒空阶、夜阑未休①，故人剪烛西窗语。似楚江暝宿，风灯零乱，少年羁旅。　　迟暮。嬉游处。正店舍无烟，禁城百五。旗亭唤酒②，付与高阳俦侣③。想东园、桃李自春④，小唇秀靥今在否？到归时、定有残英，待客携尊俎。

【注释】

①洒空阶：《渔隐诗话》："嘉祐中，有渔人于江心网得片石，有绝句：两滴空阶晓，无心换夕香。井桐花落尽，一半在银床。"

②旗亭唤酒：旗亭，指酒店。唤酒，唐薛用弱《集异记》："开元中，诗人王昌龄、高适、王之涣共诣旗亭贳酒。忽有伶官十数人会宴，三人因私约曰：我辈各擅诗名，今观诸伶讴，若诗入歌辞多者为优。'俄一伶唱'寒雨连江夜入吴'，昌龄引手画壁曰：'一绝句'。又一伶唱'开箧泪沾臆'，适引手画壁曰：'一绝句'。寻又一伶讴'奉帚平明金殿开，'昌龄又画壁曰：'二绝句'。之涣因指诸妓中最佳者曰：'此子所唱，如非我诗，终身不敢与争衡矣。'须臾，双鬟发声，则'黄河远上白云间'。之涣揶揄二子曰：'田舍奴，我岂妄哉？'因大谐笑，饮醉终日。"

③高阳俦侣：指高阳酒徒。汉初高阳人郦食其好酒，时人谓之狂生。其在拜见刘邦时，自称高阳酒徒。后常用高阳酒徒指酒客。李商隐《寄罗劭兴》："高阳旧徒侣，时复一相携。"

④东园：张乔《杨花落》："东园桃李芳已歇，犹有杨花娇暮春。"自春，顾自迎春开放。

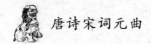

⑤尊俎：古代盛酒肉的器皿，引申为酒席。句谓到我归去时，枝头上一定还有残存的花朵，让我带到酒席上去观赏。

【赏析】

　　此词抒写年老远游的飘泊凄凉，今、昔、未来交织于一，内涵甚为丰富。上片写词人听到户外雨声，产生了昔日爱妻在西窗剪烛私语的幻觉，又宛若自己少年时代身处雨夜的孤舟之中。下片回到眼前：地点又是昔日的"嬉游处"，但环境却今非昔比：全城都在冷气煞人地过寒食节。今日凄凉与昔日"嬉游"的强烈反差，更令人伤感得心痛，于是往旗亭买醉，以麻醉自己剧烈的心痛。接着又出现了红袖劝酒的想象。全词就是在忽此忽彼的时空转换中，吞吐复杂心绪。字句典雅，巧妙化用前人诗句而无雕琢之痕。这已经有点近于"精神胜利法"的味道了。

六丑·蔷薇谢后作

　　正单衣试酒，恨客里、光阴虚掷。愿春暂留，春归如过翼，一去无迹。为问花何在，夜来风雨，葬楚宫倾国。钗钿堕处遗香泽①。乱点桃蹊，轻翻柳陌，多情更谁追惜。但蜂媒蝶使，时叩窗隔②。　　东园岑寂，渐蒙笼暗碧。静绕珍丛底③，成叹息。长条故惹行客④，似牵衣待话，别情无极。残英小、强簪巾帻。终不似一朵，钗头颤袅，向人欹侧。漂流处、莫趁潮汐。恐断红、尚有相思字，何由见得。

【注释】

①钗钿：妇女头上的装饰物。此处比喻掉落的花瓣。《新唐书·杨贵妃传》："遗钿堕舄，瑟瑟玑珪，狼藉于道，香闻数十里。"香泽：香味，香气。

②"但蜂媒蝶使"二句："谓只有她们的媒人和使者——蜜蜂和蝴蝶不时焦急地飞来，叩击我的窗格子，蜂媒蝶使：因蜜蜂、蝴蝶终日来往于花丛中，故有此喻。窗隔：隔当作槅，通格，即窗格子。

③"静绕"二句：珍丛，指珍贵的花丛，此指蔷薇。梁刘缓《看美人摘蔷薇》诗："绕架寻多处，窥丛见好枝。"

④"长条"三句：谓蔷薇柔长的枝条有意讨我的欢心。她牵挂住我的衣裳，像是有话要说，那依依不舍之情是多么深啊。长条：蔷薇枝条有刺，故会勾人衣服。无极：无限。

【赏析】

本篇又题"落花"系借惜花伤春写游子思念佳人之作。上片写客中伤春的意识流程。"单衣试酒","虚掷"春光,无限怅恨。"愿春暂留"以下三句,表达愿春暂住的愿望不能实现给自己带来的悲戚。"为问家何在"又引发出伤别意绪。"夜来风雨"二句作答,将伤春落实于惜花之情。"钗钿"以下六句,以美人之死喻名花被残,凄绝哀艳;只有游蜂和蝴蝶这两位花的媒人,尚能理解主人公之心事。下片写词人已由室内转出室外,欲参加蔷薇花之葬礼。"长条故惹行客,似牵衣待话,别情无极",突然蔷薇的长条有意钩住词人衣裾,似有无限话说,表现出依依深情。此处将惜花之情移至花自身变成人与花之间的双向感情交流,诗人之情弥溢于整个外在世界中,使万物都染上了灵性。接写他发现还有一小朵残花,将它撷取,插在头巾上,以示对多情"长条"的报答。但男人头上插花,终不如花在美人头上颤悠。因之又引出词人的闺阁佳人之思:叮嘱落花:别飘进江海。又有想象升腾:若是爱人在花瓣上题上思念我的诗句,我怎么见得到呢?此词妙想联翩,又写得委婉曲折,极尽游子伤春思人之心曲。蒋敦复云:"清真《六丑》一词,精深华妙,后来作者,罕能继踪。"(《芬陀利室词话》）这确是极高的评价。

夜飞鹊

　　河桥送人处①，凉夜何其？斜月远堕余辉。铜盘烛泪已流尽，霏霏凉露沾衣。相将散离会②，探风前津鼓③，树杪参旗。华骢会意④，纵扬鞭、亦自行迟。迢递路回清野，人语渐无闻，空带愁归。何意重经前地，遗钿不见⑤，斜径都迷。兔葵燕麦⑥，向残阳，欲与人齐。但徘徊班草⑦，欷歔酹酒⑧，极望天西。

【注释】

　　①河桥：指汴京隋堤上的河桥。《古诗·李陵别苏武》诗："携手上河梁，游子暮何之？"

　　②相将：相携，相随。

　　③津鼓：河边渡口报时的更鼓。李端《古别离》诗："天晴见海樯，月落闻津鼓。"

　　④华骢：骢，毛色青白相间的马。华骢即花骢，骏马名。此指行人离去所乘之马。

　　⑤遗钿：钿，妇女头上的饰物。

　　⑥兔葵：草名。生于沼泽和田野，花白似梅，其茎紫黑。燕麦：谷类植物，俗称野麦。

⑦班草：犹班荆，谓朋友相遇，共坐谈心。《后汉书·陈留父老传》："张升去官归里，道逢友人，共班草而言。"谢灵运《相逢行》诗："行行即长道，道长息班草。"江淹《别赋》："左右兮魂动，亲宾兮泪滋，可班荆兮赠恨，惟尊酒兮叙悲。"

⑧欷歔：扬雄《方言》："哀而不泣曰唏嘘。""唏嘘"即"欷歔"。酹：以酒浇地，表示祭奠。

【赏析】

这首词忆别怀人，写得极有层次和境界。上片追忆昔日送别情景："斜月"与烛光辉映，清冽凄凉；蜡泪与"凉露"交融，心寒彻骨！再写别宴散场，匆匆分离。但花骢马理解主人的心情，即使主人扬鞭催行，它依然慢步前行。下片头三句，写行者离城渐远，在荒路独行。"空带愁归"是说罢官后离京归里。所以词中所咏别情还参杂着政治上的不得志所引起的失落感。"何意"以下三句，进一步发抒因个人失落所引起的伤感；"兔葵"三句又写民生凋敝，社会衰败，是词人对于自己的超越。结句之"徘徊"、"欷歔"、布草而坐，均表现不得不离去的伤痛，"极望天西"则直抒对京都的依恋之情，实则是作者未曾忘情于政治及社会。这首咏别词情，已完全脱去泪沾衣襟的模式，表现出一种欲罢不忍的踌躇和沉重的思虑。使事富赡，情感厚重，结构浑成，寄托深远。黄蓼园云："自将行至远送，又自去后写怀望之情，层次井井而意致绵密，词采浓深，时出雄厚之句，耐人咀嚼。"（《蓼园词选》）。层层铺叙，描述细致，实系佳作。

满庭芳

风老莺雏①，雨肥梅子，午阴嘉树清圆。地卑山近，衣润费炉烟。人静乌鸢自乐②，小桥外、新绿溅溅③。凭栏久，黄芦苦竹，疑泛九江船。　　年年。如社燕，飘流瀚海④，来寄修椽。且莫思身外，长近尊前。憔悴江南倦客，不堪听、急管繁弦。歌筵畔，先安簟枕，容我醉时眠。

【注释】

①风老：暖风使莺雏长大。莺雏：即雏莺，小莺儿。司空图《偶书五首》："色变莺雏长，竿齐粉箨垂。"箨：竹笋上一片一片的皮。

②乌鸢：乌鸦。欧阳修《醉翁亭记》："树林阴翳，鸣声上下，游人去而禽鸟乐也。"

③新绿：指溪水。溅溅：水流的哗哗声。

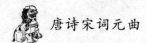

④瀚海：本作翰海。《史记·卫将军骠骑列传》载霍去病"登临翰海"，司马贞《索引》引崔浩云："北海名，群鸟之所解羽，故云翰海。"一般用以指北方沙漠地区，此处泛指边远荒寒的地区。

【赏析】

周邦彦于哲宗元祐 8 年任溧水（属今江苏）县令。此词正是作者迁谪僻地，心中愤愤不平，而又求自我解脱的一首抒情之作。上片系凭栏所见。头三句写，自然恬淡的初夏景致。"地卑"两句转写卑湿之地令人不适。"人静"三句又描画出一股风景宜人的境界。"凭栏久"陡转将自己的外放与被贬江州的白居易相联结。下片写凭栏所想，写逐客之悲。以飘流的"社燕"自比，将为宦亦喻为寄人篱下，可见词人孤愤与凄凉心境。何以解忧，唯有杜康，于是在醉乡里去寻求暂时超脱。此词表现了词人内心深处的痛苦与矛盾，无论是寄情山水还是以酒麻醉，都不能使自己完全忘却现实。所以总是陷于沉郁顿挫之中。

过秦楼

水浴清蟾，叶喧凉吹①，巷陌马声初断。闲依露井②，笑扑流萤，惹破画罗轻扇。人静夜久凭阑，愁不归眠，立残更箭③。叹年华又一瞬，人今千里，梦沉书远。　　空见说、鬓怯琼梳，容销金镜，渐懒趁时匀染。梅风地溽，虹雨苔滋，一架舞红都变。谁信无憀，为伊才减江淹，情伤荀倩④。但明河影下，还看稀星数点。

【注释】

①叶喧凉吹：凉吹，风的代称。"李商隐《雨》："秋池不自冷，风叶共成喧。"

②露井：露水打湿的井栏。李商隐《临发崇让宅紫薇》诗："桃绶含情依露井，柳绵相忆隔章台。"

③立残更箭：古时以铜壶滴漏计时计更，壶中指示时间刻度的浮标一般做成箭形。句谓一直站到很晚还未睡觉。

④荀倩：《世说新语·惑溺》载：三国时荀粲，字奉倩，娶曹氏女，有美色，荀粲爱昵备至。后妇病死，荀粲感痛伤悼，逾年亦病亡，年仅二十九。

【赏析】

这是一首即景思人之作。头三句写秋夜之景：清莹的夜空，一弯新月，凉风使树叶喧闹不止，街头人马声已归于沉寂。"闲依露井"，己；"笑扑流萤，惹破画罗轻扇",伊人;这是对美好往事的回忆。当年凭栏闲看伊的娇憨可爱,历历在目。"人静夜久凭栏"转写今日孤独,以下写离别后天各一方,音信阻隔,连梦也无。又写伊人:自别离后怕梳妆,镜里容颜日瘦,"梅风"三句在景语中进一步表述与人生都要自然老去的不可抗拒。接下说自己为了伊人而迟顿伤感,只能数着稀落的星星发呆。此词深婉缠绵地表现了男子思念情人的细腻真情,很有意识流的色彩。

花 犯

粉墙低①,梅花照眼②,依然旧风味。露痕轻缀,疑净洗铅华,无限佳丽。去年胜赏曾孤倚③,冰盘同宴喜。更可惜,雪中高士,香箨熏素被④。今年对花最匆匆,相逢似有恨,依依愁悴。吟望久,青苔上,旋看飞坠。相将见,脆丸荐酒,人正在,空江烟浪里。但梦想,一枝潇洒,黄昏斜照水。

【注释】

①粉墙低:指粉白的矮墙。杜甫《绝句漫兴九首:"手种桃李非无主,野老墙低还是家。"

②照眼:犹言耀眼。杜甫《酬郭十五判官》诗:

"药里关心诗总废，花枝照眼句还成。"

③胜赏：快意的游赏。《陈书·孙瑒传》："泛长江而置酒，亦一时之胜赏。"

④香篝：即熏笼。内燃香料，用以熏衣物。此处比喻梅树，言梅树如篝，花白如雪被。

【赏析】

此作咏梅托物寄意，将梅花和赏梅人结合于一进行描写，主客体交融于一。赏花者看到粉墙下"依然旧风味"的梅花，联想到去年孤独赏梅；又联想到来日自己乘船航行的景色及那时在船中的梦想。从眼前的梅花，联想到去年的梅树"香篝熏素被"；从今天梅花的飘落，联想到青梅的成熟；等等。词人按照自己意识的流动来把握和表现形象，不受时间、空间的限制。艺术境界开阔，意境极富层次感和立体感。

大　酺

对宿烟收，春禽静，飞雨时鸣高屋。墙头青玉旆①，洗铅霜都尽，嫩梢相触，润逼琴丝，寒侵枕障，虫网吹黏帘竹。邮亭无人处，听檐声不断，困眠初熟。奈愁极顿惊②，梦轻难记，自怜幽独。行人归意速。最先念、流潦妨车毂。怎奈向、兰成憔悴，卫玠清羸③，等闲时、易伤心目。未怪平阳客，双泪落、笛中哀曲。况萧索、青芜国。红糁铺地④，门外荆桃如菽。夜游共谁秉烛。

【注释】

①青玉旆：旆，古时旗子尾部形状如燕尾的垂饰。此处用青玉旆形容绿色的竹子。

②"奈愁极"三句谓：可是，由于心中烦闷，一下子又惊醒过来，仿佛做了一个什么梦，但却又没记住。啊，我是多么的孤单寂寞。奈：犹耐也。见张相《诗词曲语辞汇释》卷二。

③卫玠：晋代卫玠先有羸疾，卒时只二十七岁。"清羸：清瘦。羸，瘦。

④红糁：糁，本指谷类磨成的碎粒。红糁，此处指腐败的落花。

【赏析】

此词写春末旅途阻雨而引发的愁绪，表现人的孤独失意和哀怨压抑。因词中写春雨至于化境，故前人曾将其当作咏春雨的作品。上片起首写清晨阵阵大雨，消散了烟岚雾气。接下来写雨洗新竹，滋润空气。"邮亭"以下写人。飘零在外，听雨而愁梦纠结。下片深刻展现愁雨中人的"自怜"。"行人"欲尽速归家，但大雨泥泞，车不能行。揭示人在与自然的这对矛盾中的内心苦楚，乃全词主旨之所在。下雨尽管是平常事，但词人却像庾信被阻北方那样伤心。此词结构谨严，首尾相应；用典贴切，以少胜多。

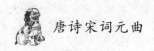

解语花·上元

风消焰蜡，露浥烘炉①，灯市光相射。桂华流瓦②。纤云散③，耿耿素娥欲下④。衣裳淡雅，看楚女、纤腰一把。箫鼓喧，人影参差，满路飘香麝。　　因念都城放夜。望千门如昼⑤，嬉笑游冶。钿车罗帕⑥。相逢处，自有暗尘随马⑦。年光是也。唯只见、旧情哀谢。清漏移，飞盖归来⑧，从舞休歌罢。

【注释】

①浥：沾湿。

②桂华：指月亮。古代神话传说谓月中有桂树，故以桂指代月。华，光华。流瓦：照在屋瓦上。韩愈《明水赋："桂华。吐辉，兔影腾精。"李商隐《陈后宫》诗："茂苑城如画，阊门瓦欲流。"

③纤云：微云、轻云。

④耿耿：光明的样子。素娥：代指嫦娥。古代神话中谓月中有神，曰嫦娥。或谓素娥指仙女。王瓘《龙城录》载唐玄宗游月宫，见一大宫府，榜曰："广寒清虚之府"，"有素娥十余人，皆皓衣乘白鸾往来，舞于大桂树下。"

　　⑤千门：形容宫殿建筑宏伟，门户很多。杜甫《哀江头》诗："江头宫殿锁千门，细柳新蒲为谁绿。"杜牧《过华清宫绝句》诗："长安回望绣成堆，山顶千门次第开。"

　　⑥钿车：饰以金花的马车。罗帕：绮罗做的手帕。此指歌妓们坐在华丽的马车上，用香罗帕和游人相招。

　　⑦暗尘随马：指追着歌妓们的人的车子扬起的尘土把光线都遮暗了。苏味道《正月十五夜》诗："暗尘随马去，明月逐人来。"

　　⑧飞盖：指华丽的车盖。曹植《公宴》诗："清夜游西园，飞盖相追随。"

【赏析】

　　这是词人飘流他乡，逢元宵节的忆旧感怀之作。上片起调即写元宵夜的灯节花市。巨大的蜡烛；通明的花灯，露水虽将灯笼纸打湿，可里面烛火仍旺。月光与花市灯火互相辉映，整个世界都晶莹透亮，嫦娥也想下来参加人间的欢庆。苗条的楚地姑娘在花市嬉戏，箫鼓喧阗，满路溢香。下片写"昔日"京都的元宵。着重从"千门如昼，嬉笑游冶"大处着笔。"钿车罗帕"突出都市特点，与上"楚女纤腰"及"箫鼓"形成比照，脉络井然。"暗尘随马"别开境界，亦都市风情。从"年光

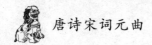

是也"开始抒情，发抒今不如昔的际遇和伤感。此作结构缜密，厚重顿挫，极具匠心。

蝶恋花

月皎惊乌栖不定①，更漏将阑②，辘轳牵金井③。唤起两眸清炯炯，泪花落枕红绵冷。　　执手霜风吹鬓影④，去意徊徨。别语愁难听。楼上阑干横斗柄，露寒人远鸡相应。

【注释】

①"月皎"句：谓月色太皎洁，惊扰着树上的乌鹊，使它们老是睡不安稳。曹操《短歌行》诗："月明星稀，乌鹊南飞。绕树三匝，何枝可依。"

②更漏将阑：古时以铜壶盛水，滴漏以计时刻，谓之漏壶、铜壶滴漏。因时变易漏刻叫做。"更"。夜中视漏刻而知时，每更之交，击鼓或析以报时，谓之"更漏"。阑：残，尽。

③辘轳牵金井：辘轳：井上汲水用的滑车。金井：井栏上有雕饰者。牵：指绳子在井中上下提水。吴均《行路难》诗："至尊离宫百余处，千门万户不知曙。唯闻哑哑城上乌，玉栏金井牵辘轳。"张籍《楚妃怨》诗：

"梧桐叶下黄金井，横架辘轳牵素绠。"欧阳修《鹈鸪
词》诗："一声两声人渐起，金井辘轳闻汲水。"

④霜风：凄冷的秋风。鬓影：指鬓发。

【赏析】

此词吟咏黎明时分与爱人的离别。上片以行人枕边
视角叙写。首先写别前环境。树上栖乌在巢中骚动不
安，暗示主人公因即将离别而无法安睡。听着滴漏声，
直至破晓。因要远行，他唤起身边爱人，结果他发现她

也一宿未眠，流了一宵眼泪。男方听到的滴滴更漏与女方滴滴眼泪相互感应，相互融汇。下片写情侣离别。情侣在黎明霜风中双手紧握，行者看到风吹起爱人的鬓发，如影颤抖，更增无限凄迷。"去意徊徨"，写行者复杂的矛盾心情：欲行不忍行，不忍行非得行，"别语愁难听"写留者的凄悲，欲语先噎。结句一笔两人：寒露沾湿路上行人之衣裳，亦沾湿楼头痴立人之罗衣；两人同时听到同样的鸡鸣。真是声相应，心相通，扯不断的离愁别情啊！

这首小词，善于通过环境、场景变幻和细微表情及行动刻画，曲尽其微地揭示出人物复杂的内心世界，引起人的强烈共鸣。

解连环

怨怀无托①。嗟情人断绝，信音辽邈。纵妙手、能解连环②，似风散雨收，雾轻云薄。燕子楼空，暗尘锁、一床弦索。想移根换叶，尽是旧时，手种红药。　　汀洲渐生杜若。料舟依岸曲，人在天角。谩记得、当日音书③，把闲语闲言，待总烧却。水驿春回，望寄我，江南梅萼④。拚今生，对花对酒，为伊泪落。

【注释】

①"怨怀"三句：我这哀怨的情怀怎样也放不下了。我心爱的人离我而去，连音信都变得十分渺茫。辽邈：渺茫。

②解连环：《战国策·齐策》载："秦昭王尝遣使者遗君王后以玉连环，曰：'齐多智，而解此环不？'君王后以示群臣，群臣不知解。君王后引锥破之，谢秦使曰：'谨以解矣。'"此处以解玉环比喻感情的纠葛。

③"谩记得"四句：还记得当初我们在言谈中、在书信里，有多少山盟海誓。现在看来都是些没用的闲言闲语，自该统统烧掉算了。谩：空也，徒然也。

④江南梅萼：陆凯《赠范晔诗》："折花逢驿使，寄与陇头人，江南无所有，聊赠一枝春。"《荆州记》曰："陆凯与范晔交善，自江南寄梅花一枝，诣长安与晔，兼赠诗。"萼；花。

【赏析】

此词吟咏失恋伤情。抒情主人公是一位男性。起句直说怨怀无法排遣：伊人一去杳无音信。"妙手能解连"，写对方轻易弃情，"妙手"二字颇有讽刺之意。"风散"、"雾轻"二句仍写对方薄情轻情。"燕子楼"，"弦索"与眼前的红芍药花，都是两情的见证，而今睹之，更令人神伤。下片由"移根换叶"杜若渐生，状写主人公一种微茫的希望。"舟依岸曲，人在天角"假想对方飘泊情景，割不断相思情。但"漫记得"以下四句又转为彻底绝望：欲将当日情书，全部烧掉以示永诀之意。但"水驿春回"又作陡转，希望对方能寄我梅花，我甘愿为伊落泪。仍是决心好下，情丝难断。

拜星月慢

夜色催更，清尘收露，小曲幽坊月暗①。竹槛灯窗，识秋娘庭院②。笑相遇，似觉琼枝玉树相倚，暖日明霞光烂。水盼兰情③，总平生稀见。　　画图中、旧识春风面。谁知道、自到瑶台畔。眷恋雨润云温，苦惊风吹散。念荒寒、寄宿无人馆。重门闭、败壁秋虫叹。怎奈向、一缕相思，隔溪山不断④。

【注释】

①小曲幽坊：唐代妓女所居曰"坊曲"。《北里志》记有南曲、北曲之称。

②秋娘：杜牧《杜秋娘诗》序云；"杜秋，金陵女也。年十五，为李锜妾。后锜叛灭，籍之入宫，有宠于景陵（唐宪宗李纯的墓，此代指宪宗。）

③水盼兰情：意谓水灵灵的眸子，兰花般优雅的
性情。

④"念荒寒"七句：意谓每当我想到，她如今寄宿
在荒凉凄冷、孤寂无人的旅舍里，紧紧地关上门，倾听
着败壁下秋虫的声声叹息，那怕关山遥远，又怎能阻隔
得断我强烈的相思呢？怎奈向：怎奈，争奈。向，语
助词。

【赏析】

此词状写恋情及别后相思。上片追忆与情人首次幽
会。头三句写相逢时间和环境。"竹槛灯窗"，陈设简
陋，可见二人感情建立在纯朴的审美基础之上，绝非优
厚的物质条件。"笑相遇"，是一见钟情；"琼枝玉树相
依"是二人情投意合。"暖日"句更让情升华。"水盼兰
情"宛若从视觉和嗅觉给对方一个特写镜头；"平生稀
见"是对佳人的总体评价。

下片换头"画图中"一句交待相见之前，业已慕
名。"眷恋雨润云温"是见面后之情事。"苦惊风吹散"，
揭出欢后苦别的悲剧。"念荒寒"四句写今日自己的飘
零落魄。结拍三句，更是凄艳动人。此作通过对失去的
恋情的追忆，表达仕途失落后的悲惨心态。情感落差巨
大，风格沉郁顿挫。

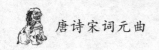

关河令

秋阴时晴渐向暝①。变一庭凄冷。伫听寒声，云深无雁影。　　更深人去寂静。但照壁、②孤灯相映。酒已都醒，如何消夜永！③

【注释】

①秋阴时晴：指秋天一时阴一时晴。向暝：变得昏暗。

②照壁：旧时筑于寺庙、广宅前的墙屏，与正门相对，作遮蔽、装饰之用，多饰有图案、文字。

③消夜永：消：消磨，捱过。永：长，久。陶渊明《杂诗》："气变悟时易，不眠知夕永。"

【赏析】

这首小令系悲秋之作。秋季凄凉，寒声潇潇，却无鸿雁传书，期盼落空，寒意逼人。这是上片。下片写夜深人去，唯孤灯作伴，以酒浇愁愁更愁，漫漫长夜无可如之，李清照《声声慢》一词"冷冷清清"，"雁过也，正伤心，却是旧时相识"，"三杯两盏淡酒，怎敌他晚来风急"，"守着窗儿，独自怎生得黑"等境界，似从此作得到启发。

绮寮怨

　　上马人扶残醉，晓风①吹未醒。映水曲、翠瓦朱檐②，垂杨里、乍见津亭③。当时曾题败壁，蛛丝罩、浓墨苔晕青。念去来、岁月如流，徘徊久、叹息愁思盈。　　去去倦寻路程。江陵旧事④，保曾再问杨琼。旧曲凄清，敛愁黛、⑤与谁听？樽前故人如在，想念我、最关情。何须渭城。歌声未尽处，先泪零。

【注释】

　　①晓风句：柳永《雨霖铃》：“今宵酒醒何处？杨柳岸晓风残月。”

　　②“映水曲”二句：谓水湾里照映着碧瓦朱檐的影子。写醉中所见。

　　③津亭：津：渡口。亭：送别的亭舍。津亭：此指水边的亭舍，乃离别之所。

　　④江陵旧事：指词人在哲宗元祐五年至七年客居荆州事。江陵：今湖北江陵县。

　　⑤敛愁黛：谓皱眉。敛：皱。黛：一种青黑色的颜料，古代妇女用以画眉，故又代指眉。

【赏析】

这是一首写羁旅伤感的词作。起首两句表现词人的潦倒和狼狈。并造成悬念：何以至此？接下不说原委，而写途中所见。津亭败壁、蛛丝网罩——乃是岁月留下的烙印。换头"去去倦寻路程"才对首二句悬念作了正面回答。旧地重经，席上奏起"旧曲"。此时只是想到曾为我尊前演唱的"故人"，她若是活着，才真会想念我哩！下片是词人意识流程的真实记录，表现如烟往事，在重经故地时——涌上心头。故尔才有了起首"上马人扶残醉，晓风吹未醒"的麻木，以逃避忆旧（尤其是那位善唱的"故人"）给自己带来的深沉痛苦。此词布局精妙，以情为线索，不受时空局限，颇具意识流结构的特点。

尉迟杯

隋堤路。渐日晚、密霭生深树①。阴阴淡月笼沙②，还宿河桥深处。无情画舸，都不管、烟波隔南浦。等行人、醉拥重衾，载将离恨归去。　　因念旧客京华，长偎傍、疏林小槛欢聚。冶叶倡条俱相识③，仍惯见、珠歌翠舞。如今向、渔村水驿，夜如岁、焚香烛自语。有何人、念我无聊、梦魂凝想鸳侣④。

【注释】

①密霭：浓重的云气、暮霭。深树：茂密的树丛。

②淡月笼沙：淡淡的月色，笼罩着模糊的沙岸。

③冶叶倡条：指那些艳丽的叶子、风流的枝条。李商隐《燕台诗》："蜜房羽客类芳心，冶叶倡条偏相识。"晏几道《清平乐》词："侧帽风前花满路，冶叶倡条情绪"此处或暗指歌女。

④"梦魂"句：谓睡梦中看见一对鸳鸯，很亲密地依偎在一起。

【赏析】

这又是一篇抒写羁旅愁思之作。上片由离汴京发端，"密霭烟树"，景中已透露前途迷茫之预感。接着，在流动中表现出离京渐远的过程和凄凉、孤独⋯⋯种种难言之苦。下片前半忆旧。"旧客京华"本有许多情事可以回顾，但词人却只回忆与伎女们的"欢聚"。下片

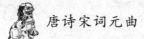

后半又回到现实："渔村水驿"，这与京都的"珠歌翠舞"形成十分巨大的反差，强化了落魄的凄楚。所以"夜如岁"二句便显得甚有分量。"梦魂凝想鸳侣"又表现出愁极无聊时，仍痴迷于旧情。此词所营造出抒愁胜境，独标一格。

西河·金陵怀古①

　　佳丽地，南朝盛事谁记？山围故国绕清江，髻鬟对起。怒涛寂寞打孤城②，风樯遥度天际。　断崖树，犹倒倚。莫愁艇子曾系？空遗旧迹郁苍苍，雾沉半垒③。夜深月过女墙来，伤心东望淮水④。酒旗戏鼓甚处市？想依稀、王谢邻里。燕子不知何世。向寻常巷陌人家相对，如说兴亡斜阳里。

【注释】

　　①金陵：即今江苏南京市。《新定九域志》卷六引《郡国志》："楚威王以此地有王气，因埋金以镇之，故曰金陵。"三国孙吴、东晋、宋、齐、梁、陈均建都于此，史称六朝。南唐为江宁府治所在地。北宋因之。

　　②"怒涛寂寞"句：仍用刘禹锡诗句。谓长江的怒涛终日扑打着孤零零的古城。发出寂寞的声响。

③雾沉半垒：青苍色的浓雾聚集着，只露出半截城垒。

【赏析】

此词又题"金陵"，系咏史之作。全词化用刘禹锡咏金陵之《石头城》和《乌衣巷》两首诗，但又浑然天成。此词三段结构：一段起调至"风樯遥度天际"，写金陵胜境；二段由"断崖树"至"伤心东望淮水"，写金陵古迹并发出凭吊；三段由"酒旗戏鼓甚处市"至末，写目前景物兼抒千古兴亡之思。此作苍凉悲壮，平易爽畅，笔力遒劲。

瑞鹤仙

悄郊原带郭。行路永、客去车尘漠漠。斜阳映山落。敛余红、犹恋孤城阑角。凌波步弱①。过短亭、何用素约。有流莺劝我，重解绣鞍，缓引春酌。　　不记旧时早暮，上马谁扶②，醒眠朱阁，惊飙动幕。扶残醉，绕红药。叹西园、已是花深无地，东风何事又恶？任流光过却，犹喜洞天自乐③。

【注释】

①凌波步弱：凌波，形容女子步态的轻盈。曹植

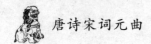

《洛神赋》：凌波微步，罗袜生尘。"步弱，走不动。句谓姑娘们已有点走不动了。

②上马谁扶：指谁扶上马。

③洞天：道教称神仙所居之地。《云笈七签》："十大洞天者，处大地名山之间，是上天遣群仙统治之处。"

【赏析】

此词写偶遇旧时相知歌女、伤心惜花的心情。表现词人向往神仙自在境界的意绪。据南宋王明清《玉照新志》载：周邦彦亲自书此词寄给王铚（王明清之父），说是"梦中得句"，并将此词与方腊起义联系起来。当时词人为躲避起义，东奔西避，但词中并无一语对起义的微词，尾句竟唱出"任流光过却，犹喜洞天自乐"的轻快之调，反映词人晚年对朝延时局的不满。

在艺术上此词境界深幽，韵味清淡、自然。结构上细针密线，语断意联，周济叹为"精奇"（《宋四家词选》）。

浪淘沙慢

昼阴重，霜凋岸草，雾隐城堞①。南陌脂车待发。车门帐饮乍阕。正拂面、垂杨堪揽结②。掩红泪、玉手亲折。念汉浦离鸿去何许，经时信音绝！　　情切。望中地远天阔。向露冷风清无人处，耿耿寒漏咽③。嗟万事难忘，唯是轻别。翠樽未竭，凭断云留取，西楼残月。　　罗带光销纹衾叠，连环解、旧香顿歇。怨歌永、琼壶敲尽缺④。恨春去、不与人期，弄夜色，空余满地梨花雪。

【注释】

①城堞：城墙上的如齿状的矮墙。元稹《欲曙》："片月低城堞，稀星转角楼。"

②"正拂面"句：堪，能够。揽结，采摘编结。韦庄《河传》词："翠蛾争劝临邛酒，纤手，拂面垂丝柳。"

③耿耿：形容心中不安，有所悬念。《诗经·邶风·柏舟》："耿耿不寐，如有隐忧。漏：古代计时用的漏壶。咽：鸣咽。本指人的哭泣之声，此处用拟人化手法，形容漏壶的滴声似在鸣咽。

④"怨歌永"二句：用晋王故事。

【赏析】

这是一首伤春念情的词作。全词三段，首段前九句，追忆当年时令节候及折柳惜别的情事。前者则是后者的烘托。"拂面垂杨"与"红泪玉手"，细节传神，足见当年印象之深。"念汉浦"以下三句回归目前，抒言信断绝之憾。二段写别后情思。在流动的情绪中，浓化别离的伤感。无可奈何的凄凉，令人扼腕。"凭断云留取"，最使人凄咽难耐。第三段写去则去也，可"怨歌"，永唱。虽"怨"，却不"恨"伊，只有"恨春"不给机会。所以，"怨"是表层，深层依然是"爱"——刻骨铭心的爱，其实也是无悔无恨的爱。满地梨花，冰凉洁白，正无言地叙说着无奈的人生……以景结情，留下怅远、空阔的情韵，任读者去体味，去深思。万树云："美成《浪淘沙慢》，精绽悠扬，为千古绝调。"（《词律》）不为过誉。

应天长

条风布暖①，霏雾弄晴，池塘遍满春色。正是夜堂无月，沉沉暗寒食。梁间燕，前社客②。似笑我，闭门愁寂。乱花过，隔院芸香③，满地狼藉。　　长记那回时，邂逅相逢，郊外驻油壁④。又见汉宫传烛，飞烟五侯宅。青青草，迷路陌。强载酒、细寻前迹。市桥远，柳下人家，犹自相识⑤。

【注释】

①条风：即东风。《淮南子·地形训》："东风曰条

风。"《初学记》："《易卦通验》曰：'立春，条风至。'宋均曰：'条风者，条达万物之风。'"

②社：指古人祭祀社神（即土神）之日，一般在立春、立秋后第五个戊日。前社：欧阳獬《燕诗》："长到春秋社前后，为谁去了为谁来？"前社客，指赶在春社之前来到的客人。

③芸香：香草名。明王象普《群芳谱》："此草香闻数百步外，栽亭园间，自春至秋，清香不歇。"晋代傅咸、成公绥皆有《芸香赋》。

④油壁：古代一种车名，车壁用油涂饰，故名，古乐府《苏小小歌》："妾乘油壁车，郎骑青骢马。何处结同心，西陵松柏下。

⑤"青青"六句：郊外的道路长满了青青的春草，变得迷离难辨。我带着酒食，强挣着出门，仔细寻找当年的遗迹。不知不觉竟走出了好远，来到市桥附近。啊，就是柳树之下的这一户人家，里面的人似乎还认得我。

【赏析】

这是一首寒食节时伤春感怀之作，主要写昔日一段不期而遇的恋情，而今重寻故地，只留下无限惆怅。上片由"春色"写起，暖风与晴雾拨弄着词人躁动不安的灵魂；而黑暗与冷峻又将词人包围。春燕与我同为"客"，而春燕敢笑我之孤独，更见我之愁苦。此是作者将孤情移于春燕，又以春燕笑我；极言己乃是世间最不幸者。接着又以艳景反衬我之零落，使己之悲哀更显强烈。换头追忆当年艳遇。用"汉宫传烛"之故事，暗示当年邂逅时间与对象。"青青草"以下至末，重回今日。"前迹，不可寻，离人不可见；"柳下人家"尚还认识我，昭示出我常回故地寻觅伊人。其情绵绵，永无终期！

夜游宫

叶下斜阳照水。卷轻浪、沉沉千里。桥上酸风射眸子[1]。立多时，看黄昏，灯火市。　　古屋寒窗底。听几片、井桐飞坠。不恋单衾再三起[2]。有谁知，为萧娘，书一纸。

【注释】

①酸风：犹言"冷风"，刺眼使之发酸的风。眸子：眼睛。李贺《金铜仙人辞汉歌》："魏官牵车指千里，东关酸风射眸子。"

②"不恋单衾"句：我不喜欢孤单地一个独睡，只

能睡下又爬起来，如此反复再三。

【赏析】

此词为即景伤情之作。写接到情人（萧娘）一封信后的沉痛情绪。上片由景入情。落叶，斜阳，江水，千里不绝，是立在桥上的词人视角所及。而江水"沉沉千里"，是词人心潮的表征。由"斜阳"而"黄昏"，而"灯火"，揭示出词人长久地伫立于冷风之中，酸泪欲滴。下片写室内愁怀。古屋寒窗，凄凉森冷但"不恋单衾再三起"的原因，却是"萧娘书一纸"！尾句点出主旨。周济云："此亦是层层加倍写法，本只'不恋单衾'一句耳，加上前阕，方觉精力弥满。"（《宋四家词选》）道出了此作的奥妙之所在。

秦 观

秦观（1049～1100），北宋词人。字少游，一字太虚，号淮海居士，扬州高邮（今属江苏）人。为婉约派词重要代表。所著《黄楼赋》见赏于苏轼，为"苏门四学士"之一。亦能诗。有《淮海集》四十卷，《淮海居士长短句》三卷。

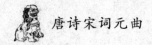

八六子

倚危亭。恨如芳草，凄凄刬尽还生。念柳外青骢别后①，水边红袂分时，怆然暗惊。　　无端天与娉婷。夜月一帘幽梦，春风十里柔情。怎奈向、②欢娱渐随流水，素弦声断③，翠绡香减。那堪片片飞花弄晚，濛濛残雨笼晴。正销凝。黄鹂又啼数声。

【注释】

①青骢：毛色青白相间的马。这里代指骑马远行的男子。

②怎奈向：即怎奈。向为词尾，无义。张相《诗词曲语辞汇释》卷三："向，语助辞，专用于'怎奈'、'如何'一类之语，加强其语气而为其语尾。"晏珠《殢人娇》词："罗中掩泪，任粉痕沾污，争奈向、千留万留不住。"

③素弦声断：琴声已不能听见。

【赏析】

这首诗抒写怀人之情，突出恋情的失落。起句为神来之笔，由情直入，用人们熟悉的比喻，来突现离情别恨。"柳外青骢别","水边红袂分",对仗工稳流畅,色彩比衬鲜明,接下"怆然暗惊"作一大的顿挫,厚重有力地直抒胸意。下片由追忆情人的美貌和柔情,承上离恨"堪惊",启下好景不长,倾吐弦断香消的孤独与失落之怅惘。"那堪"以下又一对句,落花纷纷,残雨朦朦,更是产生苦愁的意境。"黄鹂"啼声在愁境中缭绕,让声音展示更空阔的愁怀,含无限深长的情思。

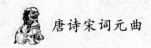

满庭芳

　　山抹微云①，天粘衰草，画角声断谯门。暂停征棹，聊共引离尊②。多少蓬莱旧事，空回首、烟霭纷纷。斜阳外，寒鸦万点，流水绕孤村。　　销魂。当此际、香囊暗解，罗带轻分。谩赢得、青楼薄幸名存③。此去何时见也，襟袖上、空惹啼痕。伤情处，高城望断，灯火已黄昏。

【注释】

　　①山抹微云：谓山峰之上飘动着淡淡的云彩。宋胡仔《苕溪渔隐丛话》后集卷三十三引《艺苑雌黄》云："程公辟守会稽，少游客焉，馆少蓬莱阁。一日，席上有所悦，自尔眷眷不能忘情，因赋长短句，所谓'多少蓬莱旧事，空回首，烟霭纷纷'是也。其词极为东坡所称道，取其首句，呼之为'山抹微云君'。"

　　②聊：暂且。引：拿，端，持。尊：同"樽"。句谓姑且持酒相别。

　　③"谩赢得"句：谩，张相《诗词曲语辞汇释》卷二："漫，本为漫不经意之漫，为聊且义或胡乱义，转变为徒义或空义。字赤作谩，又作慢。"此处即为徒、

空之意。此句句意化用杜牧《遣怀》诗："十年一觉扬
州梦，赢得青楼薄倖名。"之意。青楼，指妓院。薄倖：
薄情；负心。

【赏析】

此词叙写男女恋人离别时的哀愁。传说是词人客居
会稽时为他所眷恋的一位歌妓而作。开头两句八个字，
便是一副工整美妙的对联，非是写其高，写其远也，实
是突现极目天涯的主旨。"画角"一句，进一步点明时
间。"暂停"两句，才点出赋别、饯送之事。

下片主要是两点：一是写青楼薄幸。二是结尾妙。
好一个"高城望断"，"望断"二字呼应上片开头。而灯
火黄昏，正由山有微云，到"纷纷烟霭"，到满城灯火，
渐重渐晚，一步一步，层层递进，井然不率，倍添
神采。

满庭芳

晓色云开，春随人意，骤雨才过还晴。古台芳榭，
飞燕蹴红英①。舞困榆钱②自落，秋千外、绿水桥平。
东风里，朱门映柳，低按小秦筝。　　多情。行乐处，
珠钿翠盖，玉辔红缨。渐酒空金榼③，花困蓬瀛④。豆

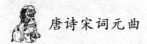

蔻梢头旧恨，十年梦、屈指堪惊。凭阑久，疏烟淡日，寂寞下芜城。

【注释】

①蹴：踢，踏。红英，红花。

②榆钱：榆英成串如钱，故称榆钱。

③榼：盛酒器。

④蓬瀛：蓬莱、瀛州皆传说中的海上仙山。这里指冶游之地。

【赏析】

这是一首伤春怀旧之作，寄寓词人失意的身世之感。上片写景为主，从天气景物写到人事，又从人相会写到离别。东风吹送"朱门"传出的筝声，正是触发下片忆旧愁怀的媒介。下片抒情为主，回忆往昔多艳情的富贵与欢洽，以突出十年如梦、屈指堪惊的失落痛楚。强烈的反差，加强了凭倚着栏杆久久眺望的寂寞。人生如梦，繁华很快即变成过眼云烟的无常之叹，尽在"疏烟淡日，寂寞下芜城"的境界之中。

减字木兰花

天涯旧恨，独自凄凉人不问。欲见回肠，断尽金炉

小篆香^①。　　黛蛾^②长敛，任是春风吹不展。困倚危楼，过尽飞鸿字字愁。

【注释】

①篆香：比喻盘香和缭绕的香烟。

②黛蛾：指眉。

【赏析】

此词写闺怨。首句即点明闺阁人伤别念远的忧郁愁情。上片起首写怀远之愁怨和孤寂。既有旧恨，自然又有新恨。孤独到无人关注，此孤独从外到内心，可谓无以复加。到了极端忧愁和凄凉的地步。接着把哀愁回肠比喻成铜香炉里一寸寸烧断的小篆香。愁肠断如灰烬！下片通过眉头紧皱，美如春风也吹不展的细节以及疲乏地倚栏远眺，飞鸿过尽而只见愁字的心理活动，写伊人被愁苦纠缠无法开解的心灵创痛。全词含蓄蕴藉，清俊超逸，形神兼备。尤"过尽飞鸿字字愁"一句，言尽而情未尽，"愁"正与雁字在长空绵延远去。

浣溪沙

漠漠^①轻寒上小楼，晓阴无赖^②似穷秋。淡烟流水

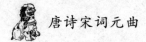

画屏幽。　　自在飞花轻似梦，无边丝雨细如愁。宝帘闲挂小银钩。

【注释】

①漠漠：朦胧弥漫的样子。

②无赖：无聊。

【赏析】

这是一首伤春之作。全词超越作者身世与具体时空背景，而对自然气候和周围物象抒发感受。朦胧凄迷，耐人寻味。春寒"漠漠"，又加以悲秋情怀，叫人不可忍耐。彩色屏风上的"淡烟流水"，也是一片迷蒙隐幽。下片所写眼前景物隽永传神，创造出全词最佳境界。"飞花"、"细雨"，为实写物态；"梦"、"愁"，虚写心境，合而喻之，虚实相生，已臻灵秀之境。全词三十几字，如同一件精美玲珑的艺术盆景，供人欣赏品味，钟爱称许。

阮郎归

湘天风雨破寒初，深沉庭院虚。丽谯①吹罢小单于②，迢迢清夜徂③。　　乡梦断，旅魂孤，峥嵘④岁月除。衡阳犹有雁传书，郴阳⑤和雁无。

【注释】

①丽谯：彩饰楼门。

②小单于：唐曲有〔小单于〕。

③徂：过去；逝。

④峥嵘：本意为高峻险阻，引伸为严峻、凛厉。

⑤郴阳：湖南郴州市，在衡阳南。

【赏析】

　　此词写困居郴州贬所的孤寂凄凉，上片写寒夜梦醒，只感觉庭院深沉，听到城楼门头传来阵阵边地乐曲声，漫长的清夜又过去了。境况寂寥，客中闻乐，不禁悲从中来。反映了羁居贬所的凄凉困境。下片就梦断写异乡飘泊的孤独幽怨。时近除夕，而尚未见亲人来信，正是引发梦中相思及梦断悲苦的原因。词尾真实地写出作者身在贬所，举目无亲，孤寂难耐，到了呼天抢地的境地。全词意境黯然，情景悲凄，辞语哀婉，韵调低沉，很有感染力量。

如梦令

遥夜沉沉如水①，风紧驿亭深闭②。梦破鼠窥灯③，霜送晓寒侵被。无寐，无寐，门外马嘶人起。

【注释】

①遥夜：长夜。沉沉：深沉，寂静。

②驿亭：古代旅途歇宿之处。

③梦破：梦醒。

【赏析】

本篇是词人贬谪途中，夜宿寒冷荒僻的驿舍所作。写的是在漫漫的长夜里，霜风紧吹，饥鼠窥灯，弄得无法安睡。等到天刚破晓，门外又驿马长鸣，人声嘈杂，艰苦的长途跋涉又将开始。全词只写了一个夜去晨来的生活片断，通过环境的描写和景物的烘托，寓情于景，把旅人的艰辛和谪贬者的失意表达得真切感人。词作短小而精练，也很有生活气息。

鹊桥仙

纤云①弄巧，飞星②传恨，银汉迢迢暗度。金风玉露③一相逢，便胜却、人间无数。　　柔情似水，佳期如梦。忍顾④鹊桥归路！两情若是久长时，又岂在、朝朝暮暮！

【注释】

①纤云句：丝丝云彩化弄出许多奇巧形态，喻织女织造云锦高超的技艺，并暗示这是乞巧节。

②飞星句：谓牵牛、织女二星隔银河飞送离恨的眼波。

③金风玉露：秋风白露。

④忍顾：不忍心回头看。

【赏析】

这是一首咏七夕的节序词，主旨为赞美传说中牛郎与织女的真纯爱情。起句展示七夕独有的抒情氛围，"巧"与"恨"，则将七夕人间"乞巧"的主题及"牛郎、织女"故事的悲剧性特征点明，练达而凄美。"迢迢暗度"，字字传神地叙写牛郎、织女渡过银河相会的情节。"金风玉露一相逢，便胜却人间无数"，描述与议论结合，评价牛郎、织女一年一度的相会，胜过千百万人间夫妻的终日厮守。是对牛郎、织女爱情价值的高度肯定，语言生动形象、富有色彩，思想亦明晰透辟。换头三句，写牛郎、织女相逢时的缠绵柔情，以及如胶似漆仿佛梦境的陶醉；"佳期"则逆回尚未相逢时二人的相依相恋及美好期待；语少情多，今昔交织，韵味无穷。尤其"忍顾"的细节，将二人相聚而害怕立即要分别的复杂心绪刻画入微。"两情若是久长时，又岂在朝朝暮暮"，结得最有境界。这两句既指出了牛郎、织女的爱情模式的特点，又表述了作者的爱情观，是高度凝练的名言佳句。这首词因而也就具有了跨时代、跨国度的审美价值和艺术品位。

江城子

西城杨柳弄春柔。动离忧，泪难收。犹记多情，曾为系归舟。碧野朱桥当日事，人不见，水空流。　　韶华①不为少年留。恨悠悠，几时休？飞絮落花时候、一登楼。便做春江都是泪，流不尽，许多愁。

【注释】

①韶华：青春年华。韶，美。韶华，又指美好的春光，即韶光。

【赏析】

这首愁情词虚化了具体时空背景，由春愁、离愁写起，再写失恋之愁和叹老嗟卑之愁，仿佛将词人一生所经历之愁都浓缩在一首词中了，很富表现力和艺术感染力。上片前三句写初春的离别，并未出现告别的对象而悲泪滂沱，已寓有隐情。"犹记"两句转为忆旧，"多情"指恋人，写与其飘泊重逢的激动。"碧野朱桥"是当日系舟处所，又是今日处境。而再度离别，再度"归来"时，已无人"系舟"，只见水流了！几个波折，诉尽赴约不遇的绝望哀情。换头"韶华"句为议论，道破人生真理，词人体味人生后道出则意蕴哀切。这青春不再，年华易衰，才是"恨悠悠"的终极原因。这种悠悠长恨，当然融注了词人仕途不遇、理想落空的伤感。最后，将愁恨之泪化作春江，极尽夸饰之能事，却仍"流不尽，许多愁"！此喻，在李后主"问君能有几多愁，恰似一江春水向东流"的比喻基础上，又翻出一层新意，意在想排遣忧愁而不可能。

此词结构布局缜密，浑然天成，意态兼善，神韵悠长。

望海潮

梅英疏淡，冰澌溶泄，东风暗换年华。金谷俊游，铜驼巷陌①，新晴细履平沙。长记误随车②。正絮翻蝶舞，芳思交加。柳下桃蹊，乱分春色到人家③。　　西园夜饮鸣笳。有华灯碍月，飞盖妨花。兰苑未空，行人

渐老，重来是事堪嗟④。烟暝酒旗斜。但倚楼极目，时见栖鸦。无奈归心，暗随流水到天涯。

【注释】

①铜驼巷陌：指洛阳铜驼街。铜驼，铜铸的骆驼，

古代多置于宫门寝殿之前。

②"长记"句：意谓经常错随人家女眷车辆。长记，即尝记，曾经记得。误随车，语出韩愈《嘲少年》诗："只知闲信马，不觉误随车。"此处借以自嘲。

③桃蹊：指桃树众多的地方。唐刘禹锡《蹋歌词》之二有"桃蹊柳陌好经过"句。"柳下桃蹊"，指春景艳丽的地方。

④是事：张相《诗词曲语辞汇释》卷一："犹云事事或凡事也。"

【赏析】

这首词作于绍圣元年（1094）作者遭贬斥即将离开京城之时。梅花渐渐稀疏，冰也开始融化，东风吹拂中，不知不觉冬天将逝，春天已悄然来临。记得那年也是春天，一个晴朗的日子，词人踏着大道上细细的平沙去参加一次盛大的游宴。游伴都是当时的才俊，地方又是京城的名园，兴致勃勃中竟然错跟了陌生女子的车子！柳絮翩翩飘飞，蝴蝶盈盈起舞，春天是这样让人欢悦，绿树下，桃林边，到处都洋溢着温馨快乐的气息。等到夜幕降临，笳声清越，宴会也开始了，灯光照得西园如同白昼，宾客们乘坐的车子往来如云，那时候词人是多么的意气风发。而今故地重游，园林依旧，词人却已自觉苍老，回想往事不免伤怀，叹嗟不已。暮色渐深，走上酒旗斜挑的小楼，倚着栏杆极目远眺，夕阳的余晖中，时而看见几只归巢的乌鸦。他思归的心啊，也不由得随着那脉脉流水而去，直到天的尽头。这首词以回忆往日的风流欢娱来衬托今天的失意落寞。盛衰之感，令人怅惘。叙事采用了今天——往昔——今天的回环式结构，首尾呼应，疏密得当。遣词用语温婉平和，读来却令人情绪激荡，感慨万千，具有强烈的感染力。

踏莎行

雾失楼台，月迷津渡。桃源望断无寻处①。可堪孤馆闭春寒②，杜鹃声里斜阳暮。　　驿寄梅花③，鱼传尺素④。砌成此恨无重数。郴江幸自绕郴山，为谁流下潇湘去。

【注释】

①"桃源"句：谓在旅舍中极目远望，那能令人避乱的桃花源却无处可寻。桃源，指陶渊明《桃花源诗并记》中所描写的一个隔绝人世的理想境界。陶文拟其地为武陵（故治在今湖南常德西），和秦观贬所郴州相距不远。

②可堪：那堪。堪，忍受。李商隐《春日寄怀》诗："纵使有花又有月，可堪无酒又无人。"

③驿寄梅花：《荆州记》载："宋陆凯与范晔相善，自江南寄梅花与晔，并赠诗曰：'折梅逢驿使，寄与陇头人。江南无所有，聊赠一枝春。'"后常以此写朋友之思。

④鱼传尺素：指来信。

【赏析】

　　此词写于郴州贬所。郴州在湖南省境内，词人也许朦胧中想起传说中同在湖南的"黄发垂髫，并怡然自乐"的桃源乐土，但是茫茫的重雾遮掩了那高大的楼台，蒙蒙的月色中迷失了前行的渡口，再也望不见那令人向往的桃源景象。春寒刺骨，暮色渐深，仍然是他孤零零关闭在客馆之中，听杜鹃一声声呼唤着"不如归去"。亲友们从远方寄来的慰藉的书信反而一层层堆积成厚重的愁云。最后，词人仿佛是自问，又仿佛是在问天：郴江本来是偎绕着郴山而流的，为什么要这样孤独凄凉地直流到湘江而去呢？这首词意境凄婉，音调低沉，抒发了作者寂寞愁苦但又找不到出路的迷茫心情。因为词人敏锐地体察到了自己一再被贬谪的事态之不可抗拒性，所以，"郴江幸自绕郴山，为谁流下潇湘去"

一联，给人的感情震撼极其强烈。据说，苏轼曾把这两句诗书于扇面，感怀不已。

黄庭坚

黄庭坚（1045～1105），字鲁直，号山谷道人，洪州分宁（今江西修水）人，英宗治平四年（1067）进士。熙宁初，任国子监教授。元丰初改知太和县。哲宗元祐初，召为校书郎，《神宗实录》检讨官，迁著作佐郎，国史编修官。后新党掌权屡遭贬，卒于宣州任所。

黄庭坚与张文潜、晁无咎、秦少游合称"苏门四学士"。他因出于苏门而与苏齐名，世人并称苏黄。其书法精妙，与苏轼、米芾、蔡襄并称"宋四家"。尤长于诗，是北宋诗坛上的大诗人之一。他以己意以为诗，改变了晚唐风气，为江西派宗主。其词与秦观齐名，然成就不如秦观。早年近柳永，多写艳情。晚年近苏轼，深于感慨，风格豪放秀逸。他在词的发展史上具有承前启后的作用，对宋代词风有很大的影响。

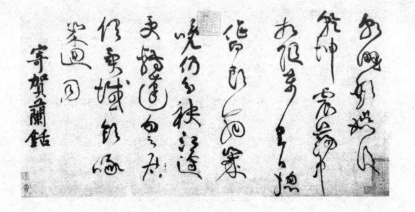

水调歌头

瑶草一何碧①！春入武陵溪②。溪上桃花无数，枝上有黄鹂。我欲穿花寻路，直入白云深处，浩气展虹霓③。只恐花深里，红露湿人衣④。　　坐玉石，欹玉枕⑤，拂金徽⑥。谪仙何处？无人伴我白螺杯⑦。我为灵芝仙草，不为朱唇丹脸，长啸亦何为⑧？醉舞下山去，明月逐人归。

【注释】

①瑶草一何碧：像碧玉一般的瑶草多么可爱。瑶草：仙草。一何：多么、何其。

②武陵溪：指仙境。晋陶渊明《桃花源记》"晋太元中，武陵人捕鱼为生，缘行，忘路之远近，忽逢桃花

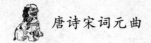

林……"。

③浩气展虹霓：一吐胸中浩然之气，化作在边彩虹。即一展平生抱负之意。

④这二句意：因怕花深之处，红露沾衣而怯步。红露：花上的露滴。

⑤欹：斜靠。

⑥金徽：琴徽，这里指琴。　拂：弹的意思。　拂金徽：意即觅知音。

⑦这二句意：李白不在了，无人陪着喝酒。　白螺杯：白色螺壳制成的酒杯。

⑧"我为"三句：我到武陵溪中是为了寻求仙草，不是为了访求仙女。　啸：撮口发声。

【赏析】

此词充满幻想和浪漫气息，表达词人的理想追求。上片写幽雅清纯的世外桃源般的仙境美景。瑶草、仙溪、桃花、鹂鸟、白云、浩气等美好的意象；碧、黄、红、白等多种鲜美色彩，构成令人心驰神往的神话般的世界。下片写身临其境徜徉其间的狂态逸情。所坐、所依、所拂的身边事物，件件高洁不俗。"谪仙何处？"为与不为的选择，象征意味地表达自己的高洁不俗的志向。收尾句，词人放浪形骸的风姿，明月朗照的场景，

表达了词人的志得意满。全词写景寓情、寄托理想，融桃源遗韵和谪仙风情于一体，在宋词中别具特色。

望江东

江水西头隔烟树。望不见、江东路。思量只有梦来去。更不怕、江拦住。　　灯前写了书无数。算没个、人传与。直饶①寻得雁分付。又还是、秋将暮。

【注释】

①直饶：假定之辞，相当于"即使"、"假若"。

【赏析】

此词语言平实而悲怨深沉，空灵浑成，是一首典型的北宋词。此词表达词人东望思归的心情。以长江为抒情纽带，于西头而望江东路，因烟树相隔而无法看清，这是心理上的距离。此望原本是肉眼"望不见"的，故意进行强调，突出西南迁徙的无可奈何及东归无望的痛楚。不可望而托诸魂梦，翻出一意。梦不怕江拦，可见望江东的决心与痴情。灯前写信，又是一种望江东的方式，但写了无数封书信，却费尽心机无人传递。于是想到托大雁传书，即使找到了雁，又逢秋暮，大大有作为南飞，不可能捎信去江东。百般无奈，简直令人绝望。短短小令，四个层次，四个转折，由"望"而一气贯下，则有万般不可"望"处，此种陷入绝境的情形，非亲身经历不能言说。词人以客观和超然的笔调，曲折地记下心路历程，似淡实浓，寓意含蓄而又情深意切。

苏 轼

苏轼（1037～1101），北宋大文学家、书画家。字子瞻，一字仲和，号东坡居士。眉州眉山（今属四川）人。苏洵次子，谥文忠。与父洵，弟辙合称"三苏"。其词境界开阔，气势磅礴，开豪放一派，对后代影响极大。词集有《东坡乐府》。

水调歌头

丙辰中秋，欢饮达旦，大醉，作此篇，兼怀子由。

明月几时有？把酒问青天①。不知天上宫阙，今夕是何年。我欲乘风归去，惟恐琼楼玉宇，高处不胜寒。起舞弄清影，何似在人间？　　转朱阁，低绮户，照无

眠②，不应有恨，何事长向别时圆？人有悲欢离合，月
有阴晴圆缺，此事古难全。但愿人长久，千里共婵娟③！

【注释】

①把酒：端起酒怀。

②转朱阁：指月光围绕着红漆的亭阁不肯离去。绮
户：以有花的丝绸为帘的门窗。无眠：失眠的人。

③婵娟：月亮。许浑《怀江南同志》："唯应洞庭
月，千里共婵娟"。

【赏析】

此词是苏轼中秋节把酒赏月之作，是他最为传诵的
代表作之一。作于出川宦游滞留密州。起调从询问明月
肇始历年入题，透露了词人对超尘的兴趣。人间天上，
连通情感脉络。接用浪漫瑰伟的想象，集中表述自己与
朝廷的微妙关系，突出"去"与"留"的矛盾。继而
"我欲"转为"惟恐"，接着"起舞"，憧憬遐想，终因
卷恋现实，视人间为仙境。其象征意识是以外放流落
"人间"，为心安理得的归宿。下片咏月之盈亏，写与弟
苏辙的离别相思之苦。将一己与亲人的离合上升到古今
人类悲欢的高度，以达观的超然态度，开解自己心中之
郁结，唤起人类普遍情感的共识。写到月的阴晴圆缺，
渗透浓厚的哲学意味，将自然与社会高度契合来思考。

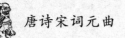

全词通篇咏月，又处处牵涉人事。上片以明月自喻高洁，下片以圆月衬托别情，极富浪漫主义色彩。尤"但愿人长久，千里共婵娟"为世人所共鸣和传唱。

上片抒发对政治的感慨，下片抒发对兄弟的怀念。

水龙吟·次韵章质夫《杨花词》

似花还似非花①，也无人惜从教坠。抛家傍路，思量却是，无情有思②。萦损柔肠，困酣娇眼，欲开还闭。梦随风万里，寻郎去处，又还被、莺呼起。　　不恨此花飞尽，恨西园、落红难缀③。晓来雨过，遗踪何在？一池萍碎。春色三分，二分尘土，一分流水④。细看来，不是杨花，点点是离人泪。

【注释】

①似花还似非花：意谓柳絮似花又不是花。晋代伍辑写过《柳花赋》，但有人认为柳絮不是花"

②"思量"句：意谓看起来好像无情，却又有意。情思的"思"与柳丝的"丝"谐音双关。杜甫《白丝行》："缲丝须长不须白，越罗蜀绵金粟尺。象床玉手乱殷红，万草千花动凝碧。已悲素质随时染，裂下鸣机色相射。美人细意熨帖平，裁缝灭尽针线迹。春天衣著为

君舞，蛱蝶飞来黄鹂语。落絮游丝亦有情，随风照日宜轻举。"

③难缀：难以收拾，此处指不能再接合到花树上去。

④"春色"句：意谓如果杨花代表春天的话，那么春天也像杨花一样或委于尘土，或随流水而去。

【赏析】

这是一首咏物之作。咏物与拟人浑成一体，达到物与神之间的境界。起句"似花还似非花"便抓住了杨花的特点，接下以"无人惜"的意脉贯下，一反历来诗人对杨花的评价，提起"无情有思"一篇精神。由此发端，将漫天飞舞的杨花喻为美人，她正在梦中"随风万里"，寻找情郎的游踪，终至美梦被黄莺的啼叫惊破。上片体物，花与人糅合，饱含情愫。下片就杨花事议论抒情。"不恨"三句，突出伤春幽恨。花已飘落，断无重上枝头之望，最令人伤感。晓雨过后，杨花"二分尘土，一分流水"，令人心寒。那流水中化为一池的浮萍，仔细辨认，不是杨花，分明是离人点点滴滴的眼泪！此词将佳人惜春伤别的意旨，巧妙融入杨花的形魂与故实，似真似幻，不即不离。词意朦胧，优美缱绻，造成意境的空灵飘渺。

永遇乐

彭城夜宿燕子楼，梦盼盼，因作此词①。

明月如霜，好风如水②，清景无限。曲港跳鱼，圆荷泻露，寂寞无人见。纨如三鼓，铿然一叶③，黯黯梦云惊断。夜茫茫，重寻无处，觉来小园行遍。　　天涯倦客，山中归路，望断故园心眼。燕子楼空，佳人何在？空锁楼中燕。古今如梦，何曾梦觉，但有旧欢新怨。异时对，黄楼夜景，为余浩叹。

【注释】

①燕子楼：唐代张建封守徐州时娶关盼盼为妾，住燕子楼。其楼据说在徐州官署内。张死后，关盼盼因念旧恩，不肯再嫁，独住燕子楼十余年，最后不食而死。

②明月如霜：形容月光皎洁的样子。

③缒如：击鼓声。

【赏析】

这首词是宋神宗元丰元年（1078 年）苏轼知彭城（今江苏徐州）时所作。这首词形象地描画了夜宿燕子楼中的具体情境和梦惊后的惆怅情怀及复杂思绪。

上片写入梦前周围的美丽景色和梦惊后茫然若失的心情。

下片写梦醒后的种种复杂思绪。"天涯倦客"以下数语皆承上片"梦云惊断"而来。"望断故园心眼"一语可谓绝妙好词。"燕子楼空"三句得出哲理性的概括语"古今如梦"。末三句乃人生感慨。

洞仙歌

余七岁时，见眉山老尼，姓朱，忘其名，年九十余岁。自言：尝随其师入蜀主孟昶宫中。一日大热，蜀主与花蕊夫人夜纳凉摩诃池上，作一词，朱具能记之，今四十年，朱已死久矣。人无知此词者，但记其首两句。暇日寻味，岂《洞仙歌》令乎？乃为足之云。

冰肌玉骨，自清凉无汗①。水殿风来暗香满。绣帘开、一点明月窥人，人未寝，倚枕钗横鬓乱。起来携素

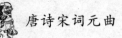

手，庭户无声，时见疏星渡河汉②。　　试问夜如何，夜已三更，金波淡、玉绳低转。但屈指、西风几时来？又不道，流年暗中偷换③。

【注释】

①冰肌玉骨，自清凉无汗：传说花蕊夫人肌肤清凉，夏热无汗。

②河汉：此处指天上的银河。《古诗十九首》："河汉清且浅。"

③流年：像水一样逝去的年华。

【赏析】

这首词精彩地描绘出一幅君妃夏夜纳凉的图画，那月明星稀、水风送爽、花香袭人、更漏滴幽的迷人仙境，花蕊夫人冰清玉洁的花容月貌和钗横鬓乱的旖旎风姿，以及一位风流皇帝携着宠妃洁白纤细的"素手"遥望星空、玩赏月色于龙楼凤阁、曲苑回廊间的惬意情景，着实令人神往。"但屈指"突转，暗示良辰美景终有尽日之怅惘。"西风"来而"流年"换，由夏至秋，是自然之规律。"不觉"二字道尽其妙。写帝王艳情，表现得清凉幽寂，可见作者超然的审美品位。

卜算子

黄州定慧院寓居作

缺月挂疏桐，漏断人初静。谁见幽人独往来，缥渺孤鸿影①。　　惊起却回头，有恨无人省。拣尽寒枝不肯栖，寂寞沙洲冷②。

【注释】

①缥缈孤鸿影：隐约不定，好像孤鸿的影踪，难以捉摸。

②寂寞沙洲冷：水中的沙滩寂寞寒冷。

【赏析】

此词咏孤雁，寄托自己的情思。特点是人而似鸿，鸿而似人，两个形象融为一体。上片写静夜鸿影、人影两个意象组合在同一时空，暗示作者以雁咏人的匠心。下片写孤鸿飘零失所，惊魂未定，哀哀无告，却仍择地而栖，不肯苟同流俗。重点写孤雁心有余悸的凄惨景况和坚持操守的崇高气节。透过"孤鸿"的形象，容易看到词人经"乌台诗案"生死劫后，诚惶诚恐的心境以及他充满自信、刚直不阿的性格。此词寄意深远，气质超

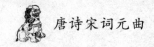

脱，风格清新冷隽。

青玉案·送伯固还吴中

三年枕上吴中路①，遣黄犬、随君去。若到松江呼小渡②，莫惊③鸳鹭，四桥尽是，老子经行处③。　　辋川图上看春暮，常记高人右丞句④。作个归期天定许，春衫犹是，小蛮针线，曾湿西湖雨。

【注释】

①三年枕上吴中路：指苏坚与自己在杭州同事三年。枕上：梦中，意谓如同做梦一样。吴中路：杭州在春秋时期属吴国，此处指在杭州做官奔忙。

②松江：即吴松江，又称苏州河。

③老子：老年人的自称。

④右丞：指王维，王维曾官至尚书右丞。

【赏析】

此词是为送友人伯固归吴中而作。这首词表面看来是一首送别友人归里之作，但实际上写的是自己盼望"归去来兮"的情思。

上片抒写作者对苏坚归吴的羡慕和自己对吴中旧游

的思念。起句概说伯固三年来梦中全在回吴中的路上，含蓄地表现伯固思家心切。接下用"黄犬"故实，盼伯固回吴后及时来信。"呼小渡"数句细节传神，虚中寓实，给对方一种"伴你同行"的亲切感。下片抒发了自己欲归不能的惋惜，间接表达对官海浮沉的厌倦。就伯固之"归"，抒说己之"归计"。词人在此表明自己一刻也未忘归隐的志向，并进一步强调，我如定一个归期，老天也会同意，你看，我身上的春衫，是盼归的爱妾一针一线缝的，她缝衣时滴下的相思眼泪，将西湖春雨浸润得更湿哩！全词平实叙来，如话家常。在典故中寄深情，抒高人之志。话别而不感伤，叙归而不酸楚。尤以结尾数句为奇。所以况周颐说："'曾湿西湖雨'是情语，非艳语。与上三句相连属。遂成奇艳绝艳。坡公天仙化人，此等词犹为非其至者，后学已未易模仿其万一。"

临江仙·夜归临皋①

　　夜饮东坡醒复醉，归来仿佛三更。家僮鼻息已雷鸣，敲门都不应，倚杖听江声。　　　长恨此身非我有，何时忘却营营②。夜阑风静縠纹平③，小舟从此逝，江

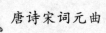

海寄余生。

【注释】

　　①临皋：在黄州城南，靠近长江北边，苏轼曾寓居此地。

　　②营营：往来不停地奔走于世俗之途。

　　③縠纹：细微波浪。

【赏析】

　　这是一首即事抒情之作。上片叙事，着意渲染其醉态。写夜醉归居所，家童已睡熟，无人开门，只得"倚杖听江声"。酒后静立于夜深的长江边，很容易触发联想。下片就是写酒醒时的思想活动，写联想的内容。"此身非我有"最能概括词人近年的身事：几经挫折，受尽冤屈；满腹才华，却落得获罪流放的下场。这一感叹道尽人生祸福无常，表明词人对生活的参悟。结三句承上而发，表示要躲开名利场，乘坐扁舟，归隐江湖。很符合他躬耕东坡的思想实际。全词写景、叙事、抒情、议论水乳交融。语言畅达，格调超逸。

定风波

　　三月三日沙湖道中遇雨，雨具先去，同行皆狼狈，

余不觉。已而遂晴，故作此。

莫听穿林打叶声，何妨吟啸①且徐行。竹杖芒鞋②轻胜马，谁怕？一蓑烟雨任平生。　　料峭③春风吹酒醒，微冷。山头斜照却相迎。回首向来萧瑟处，归去。也无风雨也无晴。

【注释】

①吟啸：拉长高声吟诗。

②芒鞋：草鞋。

③料峭：形容寒意。

【赏析】

这是一首即兴感怀之作。此时苏轼因乌台诗案被贬在黄州（今湖北黄冈）已整整两年了。苏轼在黄州处境十分险恶，生活也很穷困，但他仍旧很坦然乐观。从这首词里，我们能看到他旷达的胸怀，开朗的性格以及超脱的人生观。

江城子·乙卯正月二十日夜记梦

十年生死两茫茫①，不思量，自难忘，千里孤坟②，无处话凄凉。纵使相逢应不识，尘满面，鬓如霜。

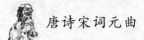

夜来幽梦忽还乡，小轩窗，正梳妆③，相顾无言，惟有泪千行。料得年年肠断处，明月夜，短松冈。

【注释】

①十年生死：至苏轼写此首悼亡词之时，苏轼发妻王弗去世十年整。两茫茫：生死两界，不能相通。

②千里孤坟：王弗葬于四川眉山，而苏轼当时远在密州，相距十分遥远，所以说王弗所处之地为"千里孤坟"。

③小轩窗：小廊上开的窗子。

【赏析】

这首词写作的时间是乙卯正月二十日夜。这是一首悼亡词。当时苏轼徙知密州，不满自己的外迁，颇为失意。所居之地又是距家千里的密州，他在这种情形下悼念亡妻，愈显悲凉。词中抒发了作者对亡妻的深切怀念之情。全词一气贯通，几个曲折，现实与梦境相交织，唱尽悼亡忆旧之衷痛。语朴情真，深婉挚着，感人至深。

江城子·密州出猎

老夫聊发少年狂，左牵黄，右擎苍①，锦帽貂裘，千骑卷平冈。为报倾城随太守②，亲射虎，看孙郎③。酒酣胸胆尚开张④，鬓微霜，又何妨？持节云中，何日遣冯唐？⑤会挽雕弓如满月，西北望，射天狼⑥。

【注释】

①左牵黄、右擎苍：左手牵黄狗，右臂架着苍鹰。

②倾城：全城的人都出城来观看。

③亲射虎，看孙郎：意谓自己出猎的勇猛的姿势能够比得上当年孙权射虎。孙郎：即孙权。《三国志·吴志·吴主传》：（建安）"二十三年十月，权将如吴，乘马射虎于庱亭，马为虎所伤，权投以双戟，虎却废，常从张世击以戈，获之。"

④胸胆尚开张：意谓胸怀开阔，豪气勃发。

⑤持节云中，何日遣冯唐：符节，古代用以作为皇帝使节的凭证。云中：即汉代的云中郡。冯唐：汉文帝时一位直言敢谏的官员。西汉魏尚为云中郡守，守边有方，士卒百姓十分爱戴，但因报边功时与事实微有出入，被免官，结果边境不安。后来冯唐劝说汉文帝，要他重用贤才，恢复魏尚的职务，汉文帝派就派他持节云中郡，赦罪复官。

⑥天狼：星宿名，主兵灾。

【赏析】

　　这是苏轼最早的一首豪放词，写于其知密州之时。记述的是一次出猎的盛大场面，抒发了词人慷慨豪壮、激昂奋励的思想感情。上阕记述出猎的盛况。我这上了年纪的人（其实词人当时年仅三十九岁）也姑且抒发一次少年人的豪情吧。左手牵上矫健的黄狗，右手托着雄猛的苍鹰，带领着我这些衣帽整齐的将士们，像狂风一样卷掠过平缓的山冈。为了答谢全城的军民跟随我观看出猎的盛情，看我像三国时孙权那样亲手射杀猛虎吧！下阕抒发报国杀敌的豪情。射猎回来庆功畅饮，酒兴更加激发了我的豪情壮志。虽然这鬓边已生出细小的白发，但又有什么关系！圣上什么时候才会派遣冯唐持着符节来云中赦免魏尚呢？只要皇帝重用我，我定会将这弓箭拉得像满月一样，射向西北边境的侵略者！北宋国势长期积贫积弱，经常受到来自西北边境的威胁，一贯主张加强国防力量的苏轼自然也常常为此而担忧，这首词就抒发了希望得到皇帝的重用，为国立功的爱国主义思想。全词场面阔大，气势雄壮，感情激昂，完全别于婉约派的剪红刻翠，低回婉转，的确称得上是"豪放"之词。

浣溪沙

簌簌衣巾落枣花，树南村北响缲车①。牛衣古柳卖黄瓜②。　　酒困路长惟欲睡，日高人渴漫思茶③。敲

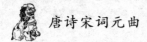

门试问野人家。

【注释】

①缫车：即缫丝车。

②牛衣：《汉书·王章传》载："王章闻达之时上书弹劾权贵，他的妻子哭泣着劝阻道："人要知足，你不记得我们躺在牛衣中哭泣时的贫困情景了吗？王章说："这种事情不是你们女人能够理解的。这里指穿牛衣的人。

③漫思茶：想随便喝点茶。

【赏析】

苏轼在徐州作知州时，去石潭谢雨的路上作了一组农村词，这是其中的一首。乡间小路上，到处弥漫着枣花的清香，词人走在树下，枣花如稀稀落落的雨点，纷纷落在他的衣服和巾上。村子里到处响着缫车的声音，正是农妇们忙着抽取蚕丝的时候啊。瞧！在那棵古老的柳树下，穿着粗布衣服的农人扶着车子，正叫卖着鲜嫩的黄瓜。上阕用白描手法简单勾勒出平静而又忙碌的初夏农村景象。下阕转述词人的心理活动，烘托出农村淳朴的民风，也透露了词人平易亲切的性格。因为喝了些酒，又走了很长一段路，眼看太阳越升越高，只觉得又累又渴，疲倦得昏昏欲睡。且去敲敲路旁农户人家的门，看能不能让自己歇歇脚，喝杯茶解解渴吧。这首词

描绘初夏农村的景象，简淡古朴，而清新自然，洋溢着浓郁的生活气息。

浣溪沙

游蕲水清泉寺，寺临兰溪，溪水西流。

山下兰芽短浸溪，松间沙路净无泥，萧萧暮雨子规啼[①]。　　谁道人生无再少，门前流水尚能西[②]，休将白发唱黄鸡。

【注释】

①子规：即杜鹃。

②门前流水尚能西：流水还有向西流的时候，意谓人的青春也可能会再来。

【赏析】

水自古而东流，兰溪之水居然西去，这自然就引起了生性旷达的词人浓郁的诗兴和豪情。三月的傍晚，词人和朋友一起来到清泉寺不远处的兰溪。此时山已遍染翠绿，兰溪如带悠然西去，岸边的兰草刚刚长出短短的嫩芽，晶莹剔透，浸在清澈的溪水里。松林间的沙路湿润润的，洁净得像刚刚被泉水细细地冲洗过。雨声淅淅沥沥，不远处传来几声子规的啼声。上阕是写兰溪周围的优美景致，下阕转而抒情，也是议论：你看这兰溪的水还能义无返顾地掉头向西流去，谁说人的青春就不能复回？所以再不要空叹年华易逝，岁月催人老啊！词人借景抒情，阐发议论，笔调清畅，富有哲理，展露了词人超脱旷达的襟怀和乐观主义精神。

水调歌头

落日绣帘卷，亭下水连空。知君为我新作，窗户湿青红。长记平山堂上①，倚枕江南烟雨，渺渺没孤鸿。认得醉翁语，"山色有无中"。　　一千顷，都镜净，倒碧峰。忽然浪起，掀舞一叶白头翁②。堪笑兰台公子，未解庄生天籁③，刚道有雌雄。一点浩然气，千里快哉风④。

【注释】

①平山堂：在扬州大明寺附近，为欧阳修任扬州太守时所建。

②掀舞一叶白头翁：意谓浪头掀动扁舟，使舟上的白发老翁也好像在起舞。白头翁：白发老人，李白《见野草中有名白头翁者》："醉入田家去，行歌荒野中。如何青草里，亦有白头翁？折取对明镜，宛将衰鬓同。微

芳似相诮，流恨向东风。"

③未解庄生天籁：不懂得庄子的"天籁"。天籁：
自然界发出的声音，此处非人为的事物，见《庄子·齐
物论》。

④一点浩然气，千里快哉风：意谓只要自己胸中有
浩然之气，就会胸怀宽阔，就会以一种泰然喜悦的心情
来对待外界的一切事物。

【赏析】

苏轼因"乌台诗案"之祸，谪居黄州，友人张梦得
于舍南长江边筑"快哉亭"，亭落成而赋此。词题一作
《快哉亭作》。上片由新建之亭及亭前景象忆及早年在扬
州平山堂见到的山光水色。由此及彼展开思路，对先师
的怀念，对快哉亭前风景与平山堂前风光相似之观感，
还隐隐透露今日词人遭厄与当年醉翁受挫。下片写亭前
所见长江景观。先写长江澄澈如镜，忽然起了风浪，一
个白头老翁驾扁舟迎战风浪。接着就江而大风顿起的眼
前景象，联想宋玉《风赋》之"雌风"、"雄风"之说，
认为宋玉强作此解有违庄周所谓"天籁"之宏旨。尾句
"一点浩然气，千里快哉风"承上否定宋玉雌雄风之说，
而肯定楚襄王"快哉此风"之叹，与"快哉亭"意旨巧
妙绾合，表达了词人浩荡伟岸的人格及豪迈旷达的心

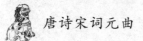

胸。全篇之要旨在下阕。其以"风"为线索，突出浪中
"白头翁"形象，让读者联想天地间的"快哉亭"就像
大浪中的白头翁的一叶扁舟，词人在人生的江海中遨
游，任凭风浪千里，只要胸中有一点浩然正气，就永远
立于不败之地而永远"快哉"！词人胸襟与气度开阔，
超然于物外。此词富于联想象征，写景之中抒发心志，
气魄宏大而有感染力。

蝶恋花

花褪残红青杏小，燕子飞时，绿水人家绕。枝上柳
绵吹又少，天涯何处无芳草？　　墙里秋千墙外道①，
墙外行人，墙里佳人笑。笑渐不闻声渐悄，多情却被无
情恼②。

【注释】

①道：道路。

②多情：指墙外的行人。无情：墙里的佳人。

【赏析】

此作题一作"春景"，是惜春感怀之作。上片写暮
春自然风光，春去夏来，自然界发生了许多变化。从郊

游少年的视角，由小到大，由近渐远地展开，极富层次感、色彩感和运动感。"天涯何处无芳草"，是对暮春景色的描述，又点化游春少年的惆怅。下片写春游途中的见闻和感想：一道短墙将少年与佳人隔开，佳人笑声牵动少年的芳心，也引起少年之烦恼。道上的行人多么希望能看到这一美妙的场面。可惜高墙把多情的行人和无心的佳人隔开，"多情却被无情恼"。词人一生执着地追求理想，到头来总是落空。此词也在寄托自己的感受。词作情韵悠远，有声有色而又婉媚绰约。《词林纪事》卷五引《林下词谈》云："子瞻在惠州，与朝云闲坐，时青女（指秋霜）初至，落木萧萧，凄然有悲秋之意。命朝云把大白，唱'花褪残红'。朝云歌喉将啭，泪满衣襟。子瞻诘其故，答曰：'奴所不能歌，是"枝上柳绵吹又少，天涯何处无芳草"也。'子瞻翻然大笑曰：'是吾正悲秋，而汝又伤春矣。'遂罢。朝云不久抱疾而亡。子瞻终身不复听此词。"

西江月·梅

玉骨那愁瘴雾，冰姿自有仙风。海仙时遣探芳丛，倒挂绿毛幺凤①。　　素面常嫌粉涴，洗妆不褪唇红。

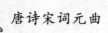

高情已逐晓云空②，不与梨花同梦。

【注释】

①幺凤：《古今词语》："幺凤，惠州梅花上珍禽，名倒挂子，似绿毛凤而小。"

②高情：高洁的情怀。

【赏析】

这首词题或作《梅》、《梅花》，是苏轼被贬惠州时所作。《野客丛书》说其"盖悼朝云而作。"苏轼侍妾朝云，姓王，字子霞，钱塘人。随词人徙岭南，不久即去世，时年三十二岁。苏轼另有《悼朝云》等诗悼念她。此词通过咏岭南梅花，赞扬朝云"玉骨"、"冰姿"和"仙风"。上片通过赞扬岭南梅花的高风亮节来歌赞朝云不惧"瘴雾"而与词人一道来到岭南瘴疠之地。下片通过赞美梅花艳丽多姿，不施粉黛而自然光彩照人。来写朝云天然丽质，不敷粉脸自白，不搽胭脂嘴唇自红。进而感谢朝云对自己纯真高尚的感情一往而深，互为知己的情谊。并点明悼亡之旨。全词咏梅，又怀人。咏梅中能注意突出岭南特色，并以绿羽禽是海仙派来"探芳丛"的神话让作品带有浪漫色彩。立意超拔脱俗，境象朦胧虚幻，寓意扑朔迷离。格调哀婉，情韵悠长，为苏轼婉约词中的佳构之一。

念奴娇·赤壁怀古①

　　大江东去，浪淘尽，千古风流人物。故垒西边②，人道是，三国周郎赤壁。乱石穿空，惊涛拍岸，卷起千堆雪，江山如画，一时多少豪杰。　　遥想公瑾当年，小乔初嫁了③，雄姿英发，羽扇纶巾④，谈笑间，樯橹灰飞烟灭⑤。故国神游，多情应笑我，早生华发。人生如梦，一尊还酹江月⑥。

【注释】

　　①赤壁：东汉汉献帝建安十三年（二〇八），曹操进攻东吴，东吴将领周瑜在赤壁以少胜多。

　　②故垒：此处指赤壁之战时留下的军营外的防护壁。

　　③小乔：《三国志·吴志·周瑜传》：（孙策攻取荆州时）"得桥（乔）公两女，皆国色也。策自纳大桥（乔），瑜纳小桥（乔）。"

　　④羽扇纶巾：羽扇，；用长羽毛作的扇。纶巾：配有青丝带的兴。

　　⑤樯橹灰飞烟灭：指周瑜大败曹操。樯：桅杆。橹：船桨。此处以"樯橹"代指曹操的军队。又因周瑜

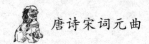

是以火攻胜曹，故称曹军"灰飞烟灭"。

⑥酹：洒酒于地以示祭祀。

【赏析】

苏轼谪居黄州，游黄冈赤壁矶，抚今追昔，写下这篇气概凌霄的名篇。

全篇将写景、怀古和抒情结合在一起，纵横古今，大开大合，意境宏阔，是豪放词风的代表作。

起调将奔腾的长江与飞逝的历史相交织，造成具宏阔背景及邈远时间跨度的抒情空间。

然后将当年鏖战的场所置于险峻礁岩及咆哮江涛布景下加以渲染，以惊心动魄的气势，激发人们对威武雄壮的历史大潮的震撼。

下片以疏快的笔致，突出在赤壁一战中决战决胜的英雄周瑜，以对他的潇洒从容的英武举止和青春才干的仰慕，联想自己壮志未酬、人生失意的际遇，感慨万端。

尽管下阕流露出英雄失落的忧怨，全词仍激荡着动人心魂的阳刚之气，既有历史的沉重感，又有对现实的责任感，是一支磅礴凝重、回肠荡气的悲壮乐章。它高屋见瓴，气势宏大，内涵丰富意境深远，为宋词之典范，千古之绝唱。

柳 永

柳永（987～1053），北宋词人。原名三变，字耆卿，崇安（今属福建）人。发展了慢词，擅用白描。语言多口语化，传播较广，有"凡有井水处"即"能歌柳词"之说。《雨霖铃》、《八声甘州》二阕最有名。有《乐章集》九卷。

曲玉管

陇首云飞，江边日晚，烟波满目凭阑久。一望关河萧索，千里清秋。忍凝眸。杳杳神京，盈盈仙子，别来锦字终难偶。断雁无凭①，冉冉飞下汀洲。思悠悠。暗想当初，有多少、幽欢佳会，岂知聚散难期，翻成雨恨云愁②。阻追游③。每登山临水，惹起平生心事，一场消黯④，永日无言，却下层楼。

【注释】

①断雁：失群孤雁。

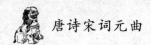

②雨恨云愁：古人常以云雨喻男女欢爱，此处指男女欢爱的失意。

③阻追游：停止这漫漫的追思。

④消黯：即黯然消魂。

【赏析】

这是一首写两地相思的羁旅别愁词。描叙作者登高望远，触景生情，感叹羁旅行役生活的愁苦，抒发无限的相思之情。一片写居者高楼凝望、怀念远人之秋思。高丘上白云飘飞为伊人所见景，此景暗隐游子飘泊的匆匆行色。"烟波满目"的迷茫，亦是所望不见之失望心绪的外化。二片写游子在旅途对京都居者的思念。别后未见对方一字，揪心的悬念可以想见。看到离群的孤雁儿缓缓落在河岸沙滩，更触动孤旅的哀戚忧伤。三片"暗想当初"承上片"思悠悠"，是行人的忆念及"雨恨云愁"的心理活动；"阻追游"以下是思妇的内心感触和无可奈何的行动全词以写景抒情为脉络，步步深入，结构有序，内容平实而丰厚。

望海潮

东南形胜①，三吴都会，钱塘自古繁华。烟柳画桥，风帘翠幕，参差十万人家。云树绕堤沙。怒涛卷霜雪，天堑无涯②。市列珠玑，户盈罗绮竞豪奢。　　重湖叠巘清嘉。有三秋桂子，十里荷花。羌管弄晴③，菱歌泛夜，嬉嬉钓叟莲娃。千骑拥高牙。乘醉听箫鼓、吟赏烟霞。异日图将好景，归去凤池夸。

【注释】

①形胜：地理位置重要，风光美丽。

②天堑：天然壕沟，此指钱塘江。

③羌管弄晴：羌笛所演奏的乐曲声和风和日丽的晴日相得益彰。

【赏析】

这是一首完全不同于柳永一般绮丽纤艳风格的词作。词人以大开大阖、直起直落的笔法，描绘了杭州繁华的景象，在读者面前展开了一幅宏伟秀丽的历史画卷。上阕一开头，就以俯视的镜头摄下了杭州的全貌。杭州地势重要，风景优美，人口众多，财货聚集，自古以来就是十分繁华的都会城市。装饰着彩画的河桥掩映在如烟的垂柳中，翠绿的帷幕和帘子悬在高低不齐的楼阁间，堤岸上环绕着郁郁苍苍的绿树，汹涌的波涛卷起雪白的浪花，钱塘江面辽阔无边，是杭州的天然壕堑。市场上珠宝罗列，人家里绸缎无数，竞相比赛着奢侈豪

唐诗宋词元曲

华。下阕则用一个个特写镜头展示了西湖的诱人。山峦重重叠叠，湖水曲曲幽幽，秋天里到处飘散着桂花的清香，夏日里无边的荷花秀色夺人。晴空下飘扬着悠长的笛声，夜色中优美的采莲曲在水波上荡漾。钓鱼的老人、采莲的姑娘都兴致盎然泛舟湖上。如云的随从簇拥着郡守，乘着醉意品味美妙的音乐，吟咏如画的山水。郡守若能让人把这美妙的景色描画下来，将来回朝廷的时候，可以好好向同僚们夸赞一番呢。这首词写景壮观而不失秀丽，声调激越又不失婉转，在柳词中别具神韵。

雨霖铃

寒蝉凄切①。对长亭晚，骤雨初歇。都门帐饮无绪②，留恋处、兰舟催发③。执手相看泪眼，竟无语凝噎④。念去去、千里烟波，暮霭沉沉楚天阔。　　多情自古伤离别。更那堪、冷落清秋节。今宵酒醒何处，杨柳岸、晓风残月。此去经年，应是良辰、好景虚设，便纵有、千种风情，更与何人说。

【注释】

①寒蝉：蝉之一种，又名寒蜩，似蝉而小，青

1652

赤色。

　　②都门：京都城门之外。帐饮：设帐饯行。

　　③兰舟：木兰所作之舟，此处以喻女子所乘之舟。

　　④凝噎：由于过度悲伤，喉咙梗塞，说不出话。

【赏析】

　　这是咏别情的名篇。柳永的代表作。词中以种种凄凉、冷落的秋之景象衬托和渲染离情别绪。起首三句写离别环境，将别时氛围泻染得清冽而肃穆。都门设帐，可见饯别仪式的隆重。欲别的情侣思绪万端，唯只"留恋"依依，可船老大又催促开船。几个曲折，将别情逐渐推向极致：执手相望泪眼，万语千言，如鲠在喉，最具感人的力量。"念去去"顿作转腾。送者将眼前情暂且搁下，而转念行者将来旅途正夜气如磐，前路渺茫。替行者设想，虚处落笔，自见真情。自古来多情人易伤离别。"更那堪"作·递进，强调唯眼下清秋节候的离别最令人感伤。"今宵"句宕开一笔，第二次替行者设想。"杨柳岸、晓风残月"是历来为人称道的佳句。至此意还未足，"此去经年"，第三次送者与行者共同的设想：待咱俩离别一年二年后，那怕有再好的时光美景，又去与谁共同品赏？可见这一对依依难舍的情侣，如此痴情与真情。情景相生，别意缠绵；写景造境，虚实相

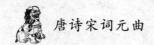

生。全词戏剧性布局和人物心理活动刻画精湛浑成，堪称词中咏别情的佳品。

蝶恋花

伫倚危楼风细细。望极春愁，黯黯生天际。草色烟光残照里。无言谁会凭阑意。　　拟把疏狂图一醉①。对酒当歌，强乐还无味。衣带渐宽终不悔②。为伊消得人憔悴。

【注释】

①疏狂：散漫狂放，放纵自己。

②衣带渐宽：喻逐渐消瘦。

【赏析】

伤别念远词。上片写景为主，景中含情，见出作者伫立远望之苦。独立高楼，用"风细细"点化，境界超越。"春愁"而可"望极"，并觉"黯黯生天际"，画出伊人悬想成痴的心迹。夕阳烟草，独自凭栏而感人苍凉，似有无限伤感。"无言"之悲愤，最凄绝而沉痛。"拟把疏狂图一醉"，无可奈何以至疯狂的压抑忿懑之态可掬；"对酒当歌，强乐还无味"，写尽人生忧患体验；

"衣带渐宽"两句将全部不幸承担终无悔意。抒情至此，可谓情痴。全词郁勃之气似有寄托，不能仅以闺怨视之。词末二句，王国维指为欲成就大事业、大学问者必经之第二种境界。"衣带渐宽终不悔，为伊消得人憔悴"遂成千古绝唱。

采莲令

月华收①，云淡霜天曙。西征客、此时情苦。翠娥执手送临岐②，轧轧开朱户。千娇面、盈盈伫立，无言有泪，断肠争忍回顾。　　一叶兰舟，便恁急桨凌波去。贪行色、岂知离绪③。万般方寸④，但饮恨，脉脉同谁语。更回首、重城不见，寒江天外，隐隐两三烟树。

【注释】

①月华：月光。

②翠娥：翠眉，此以称女子。

③贪行色：贪图及早行路。

④方寸：本指人心。此处以方寸指心绪。

【赏析】

此词咏别情。行者、送者交替间夹写之，曲折回环，道尽离愁别苦。上片写明月欲沉，霜天欲晓，征客欲行，美人执手相送，一个"泪眼盈盈"，一个"不忍回顾"。下片写行人已去后的无限惆怅和不尽的思念，"翠娥"却抱怨征客，只贪看旅途中的景色，不知我此时的离情别绪，心如刀割。舟中征客，此刻也正"回首""重城"，表现出无限依恋的凄迷离苦。此词特征，是将"翠娥"与"征客"分开来写，以各自心理活动强调别情。特别是下片，写"翠娥"的抱怨，很富个性和生活常情。而征客的"回首"及"寒江天外，隐隐两三烟树"的溟蒙境界，既表现出征夫的离情与恋情，又在申说"征客"受"翠娥"误会和冤枉的事实。而"翠娥"之所以要无凭地抱怨，正是难以割舍亲人的缘故。这种用误会法加倍表现情人的离情别绪的方式，具有特殊的魅力。

浪淘沙

梦觉、透窗风一线，寒灯吹息。那堪酒醒，又闻空阶，夜雨频滴。嗟因循、久作天涯客。负佳人、几许盟言，便忍把、从前欢会，陡顿翻成忧戚。　　愁极。再三追思，洞房深处，几处饮散歌阑，香暖鸳鸯被。岂暂时疏散，费伊心力。殢云尤雨①，有万般千种，相怜相惜。恰到如今，天长漏永，无端自家疏隔。知何时、却拥秦云态②，愿低帏昵枕③，轻轻细说与，江乡夜夜，数寒更思忆。

【注释】

①殢云尤雨：沉缅于男女云雨之中，即缠绵不尽之意。

②秦云：秦云楚雨的约写，喻男女情事。

③低帏：垂下帐帏。昵称：在枕边亲昵。

【赏析】

此词写恋情，突出别后相思。将相思别离之情刻画得淋漓尽致。全词三片。一片写旅途中的征客夜深被风雨声闹醒，透窗冷风将灯吹熄，酒醒梦回后对"佳人"的痛苦思念。此征客是以自责的口吻追悔辜负当日"盟言"。构思立意有新鲜感。二片主要追忆昔日与佳人"洞房""欢会"的缠绵情事。当时不愿片刻分离，强调"欢会"时的心情与离别后的事实之对比，将辜负"盟言"再一次申说和自谴。三片写今日的思念，以及重温欢情的希望。第三次自责。全词以主人公自责、自悔、自怨为线索，以追忆昔日欢情为主脉，曲折道尽征客缠绵凄楚的相思之情。从眼前景回忆昔日境，回到现实又

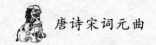

悬想将来，内容时间跨度较大，剪裁精到，语真意挚，足见柳永写别情之特长。

定风波

自春来，惨绿愁红①，芳心是事可可。日上花梢，莺穿柳带，犹压香衾卧②。暖酥消，腻云嚲③。终日厌厌倦梳裹。无那④。恨薄情一去，音书无个。　　早知恁么⑤。悔当初，不把雕鞍锁。向鸡窗、只与蛮笺象管⑥，拘束教吟课。镇相随，莫抛躲。针线闲拈伴伊坐⑦。和我。免使年少，光阴虚过。

【注释】

①惨绿愁红：见红花绿叶而心中惨然愁苦。

②压：盖。

③腻云：浓密的云彩，此以喻头发。嚲：下垂。此句意为，由于无心梳理发髻，而任其下垂。

④无那：无奈。

⑤恁么：如此，雕鞍：华美的马鞍，此指情人的坐骑。锁雕鞍即不让情人走。

⑥蛮笺：蜀地所产之笺。象管：象牙所作笔管，指笔。拘束：约束，督促。吟课：读书作文。

⑦伊：他。

【赏析】

这首伤春怨别的恋情词，角度新颖，立意特别。上片叙述这一痴情女子别后百无聊赖的情志。"惨绿愁红"，以怨妇的眼光，春色均著"惨愁"之色调。任春光明媚，百花竞妍，仍压香衾被困睡，细节逼真。人憔悴，不梳妆，都只缘"薄情一去，音书无个"。直笔叙写怨别伤春思妇的愁苦情状及原因。下片写怨妇的心理活动。系内心独白，坦露她的一片痴心，以及对爱情生活的渴望，实在而单纯。此思妇"免使年少，光阴虚过"的爱情理想反映了当时妇女的基本人生追求，具有普遍意义。体现了柳永本人的平民思想观念。但此词却遭当时宰相晏殊的责难。怨妇性格天真、纯洁。她所向往的爱情生活描述得较为具体而有时代感。全词通俗真实，富人情味和朴拙美。

少年游

长安古道马迟迟①。高柳乱蝉栖。夕阳鸟外，秋风原上，目断四天垂②。　　归云一去无踪迹，何处是前期③。狎兴生疏，酒徒萧索，不似去年时。

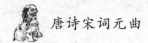

【注释】

①迟迟：缓缓而行。

②目断：目光可达四方下垂的天幕。

③前期：以前的约定。

【赏析】

宋代词人往往在伤离怨别中体味人生，故有人认为宋词整体主题几乎就是伤春伤别。柳永此作，仍是描写落魄游子孤独凄凉的漂泊之情，但却将环境置于"长安古道"，让情绪带上凝重的历史色彩。置于乱蝉鸣柳，四天低垂，一派凄景之中。境界开阔、气象而肃穆，一改柔靡的艳情格调，厚朴而苍凉。下片忆旧。"归云"指喻昔日之恋人。佳人一去音讯全无，又未预约再会地点，料此生已无重见之期。孤寂到连昔日的酒友也寥寥无几。全词对世态炎凉，人情冷暖的悲戚感受和对功名、宦途的心灰意懒，进行了很有感染力的展示。

戚　氏

晚秋天。一霎微雨洒庭轩①。槛菊萧疏，井梧零乱惹残烟②。凄然。望江关。飞云黯淡夕阳间。当时宋玉悲感，向此临水与登山③。远道迢递，行人凄楚，倦听陇水潺湲④。正蝉吟败叶，蛩响衰草⑤，相应喧喧。孤馆度日如年。风露渐变，悄悄至更阑⑥。长天净，绛河清浅，皓月婵娟⑦。思绵绵。夜永对景，那堪屈指⑧，暗想从前。未名未禄，绮陌红楼⑨，往往经岁迁延。帝里风光好，当年少日⑩，暮宴朝欢。况有狂朋怪侣，遇当歌、对酒竞留连⑪。别来迅景如梭，旧游似梦，烟水程何限⑫。念名利、憔悴长萦绊。追往事、空惨愁颜。漏箭移、稍觉轻寒。渐呜咽、画角数声残⑬。对闲窗畔，停灯向晓，抱影无眠⑭。

【注释】

①庭轩：庭院中的长廊。

②井梧：井边的梧桐树。残烟：细雨，水雾。

③"向此"二句：宋玉曾作《九辩》云："悲哉，秋之为气也。萧瑟兮草木摇落而变衰，憭慄兮若在远行，登山临水送将归。"后人言宋玉为千古悲秋之祖，故常在悲秋时言之。

④陇水：山中溪流。陇通垄，土丘，此指山。

⑤蛩：蟋蟀。

⑥更阑：夜将尽。

⑦婵娟：美好的样子。此指明媚的月光。

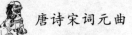

⑧屈指：逐一回忆过去。

⑨绮陌：花街，歌馆妓院汇集之处。红楼：妓院。

⑩当年少日：正当少年时节。

⑪"遇当歌"句：总是留连宴饮享乐之时。曹操《短歌行》云："对酒当歌，人生几何？"

⑫烟水：烟村水驿。程何限：何其无限。此句意为路途遥远，前程渺茫。

⑬呜咽：画角声。

⑭抱影：独抱孤影。

【赏析】

这是一首羁旅行役词。

这首《戚氏》词，便是柳永自制的新调之一，共三片，长达二百一十二字，是宋词中仅次于南宋吴文英《莺啼序》（二百四十字）的最长的慢词。全词共分三片：头一片写景，写作者白天的所见所闻；第二片写情，写作者"更阑"的所见所感；第三片写意，写作者对往事的追忆，抒发了自己的感慨。